집이라는 그리운 말

집이라는 그리운 말

1쇄 발행 2023년 3월 31일

지은이 미진

펴낸곳 책과이음
출판등록 2018년 1월 11일 제395-2018-000010호
대표전화 0505-099-0411 **팩스** 0505-099-0826
이메일 bookconnector@naver.com
Facebook · Blog /bookconnector
Instagram @book_connector
독자교정 김보미 유현주 이현주 조윤주 조은비

ISBN 979-11-90365-47-5 03810

책값은 뒤표지에 있습니다.
잘못 만들어진 책은 구입하신 서점에서 교환해드립니다.

책과이음 • 책과 사람을 잇습니다!

집이라는 그리운 말

사라진 시절과 공간에 관한 작은 기록

미진 지음

책과이음

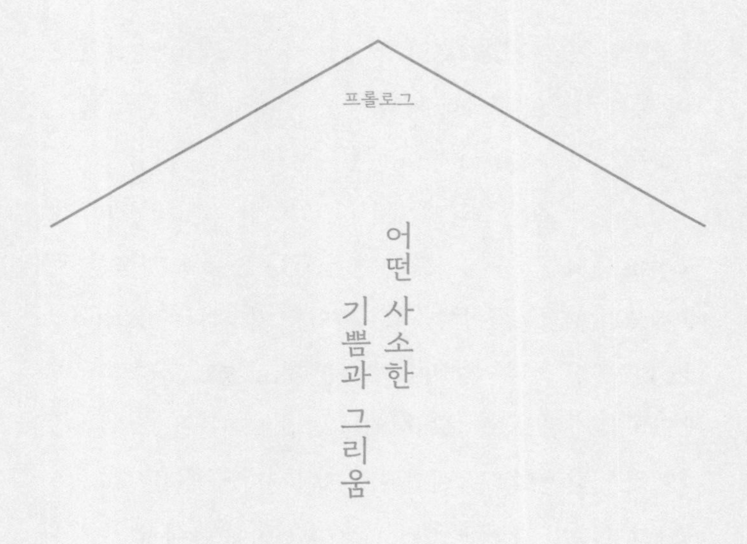

프롤로그

어떤 사소한 기쁨과 그리움

처음으로 청룡열차를 탔다. 철커덩거리며 느리게 올라가던 열차가 점차 속도를 내어 레일 위를 달렸다. 높이 그리고 가파르게. 열차는 안전벨트가 없다면 몹시 위험해 보였을 모습으로 정점에 도달했다. 일순 모든 작동이 멈췄다. 차갑게 울리던 커다란 기계음이 사라지자 소리를 지르며 울던 아이도 어리둥절해 눈물을 그쳤다. 수 초간의 적막이 찾아왔다. 그 순간 파란 하늘, 초록 나무, 친구들과 뛰어놀던 공원이 눈앞에 펼쳐졌다. 맛있는 음식을 먹을 때 불현듯 사랑하는 사람이 떠올라 목이 메듯, 아름다운 광경을 접하자 문득 엄마가 떠올라 눈이 매웠다.

그날의 몇 초는 그렇게 묻혔다. 기억한 적이 없으니 잊은 적도 없었다. 누구도 발견한 적 없는 동굴 속 깊숙한 곳에 새겨진 상형문자였다. 나는 과거를 기억하는 사람이 아니었다. 어릴 적 추억이라야 별다른 것도 없고 오늘을 살기에도 바쁜 사람일 뿐. 옛이야기를 곱씹는 이들을 보면 부럽기도 하고 한편으로는 시시하게 느껴지기도 했다.

달리기 출발선 앞에서 탕 하는 총소리에 몸이 튕겨나가듯 글이라는 걸 쓰기 시작한 순간, 청룡열차 꼭대기에서의 몇 초가 툭 튀어나와 빈 종이를 채웠다. 잘 벼려진 칼날처럼 선명했고 시간의 간극은 무의미했다.

풀이 무성한 기억의 저편에 심긴 콩의 콩깍지가 기다렸다는 듯 벌어졌다. 기상천외 열두 가족이 모여 사는 만리동 풍경, 무허가 주택에서 퇴거 명령을 받고 가슴 졸이던 나날, 반지하 집에 찾아든 무정한 도둑, 내 집 갖기가 소원인 엄마와 이를 위해 고군분투하는 가족, 마침내 장만한 우리 집과 결혼 후 아홉 번의 이사를 하며 겪은 이야기가 줄줄이

딸려 나왔다.

과거의 한때를 기억하며 순해졌다. 평소 괴팍한 사람은 아니었지만 마음속 청군과 백군 사이의 갈등도, 시계추처럼 오가는 부침도 덜해졌다. 별것도 아닌 기억을 떠올리며 자주 웃었다. 헨리 데이비드 소로가 일찍이 간파한 대로, 과수원에 머문 시인이 사과 몇 알만 얻은 것이 아니듯 기억 속 집은 나에게 공간 너머의 것을 선물해주었다. 김이 모락모락 나는 다라이에 퉁퉁 부은 다리를 담그고 마당 귀퉁이 시멘트 틈새로 자란 민들레를 멍하니 바라보다가 김칫국에 밥 한 그릇을 비우고 나면 왠지 모를 힘이 생겼다. 까짓 괜찮다고, 내일은 더 나을 거라고 안도하게 되었다. 손바닥만 한 창문으로 바라본 하늘에서 풀리지 않던 문제의 해답지를 발견하기도 했다. 풀이 과정은 도무지 이해할 수 없지만 적어도 정답인지 오답인지는 알 수 있었다. 캄캄하고 적막한 시루 속 콩나물에 불과한 나는 밤새 자랐고 그 집과 사람을 기억하며 글을 썼다. 공간이 나에게 준 지극히 사소한 기쁨과 그리움에 관한 이야기를.

2023년 봄, 미진

차례

PART 2

골목길 모퉁이에서

PART 3

우리 집 가는 길

PART 1

어디에도 없는 집

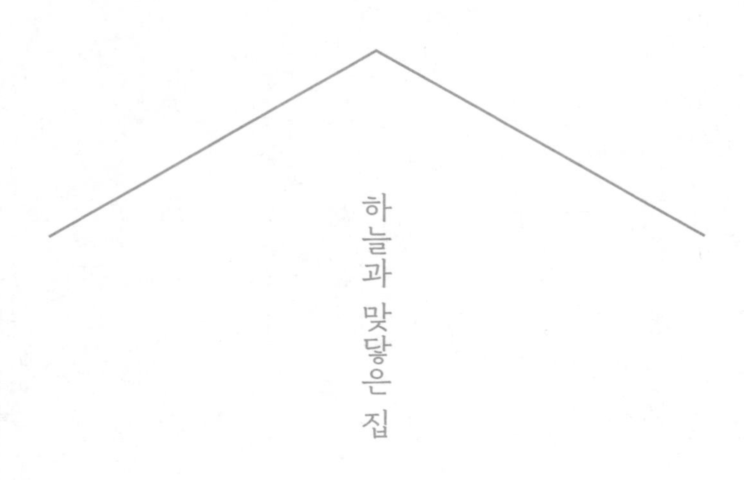

하늘과 맞닿은 집

허허벌판에 벽돌을 켜켜이 쌓고 슬레이트 지붕을 올렸다. 배수지를 일터로 삼은 가장들이 하나둘 모여 자신과 딸린 식구들이 살 집을 지었다. 비바람을 막고 성난 하늘을 가려 줄 곳이며, 소반에 둘러앉아 갓 지은 밥을 먹을 곳이고, 모진 바깥세상에 지친 몸을 누일 엄마의 자궁 같은 곳이었다.

어른들은 이곳 펌프장을 수도국 관사라고 불렀고 동네 아이들은 귀에 들리는 대로 뻠뿌장이라고 말했다. 방 두 개와 부엌 한 개로, 직사각형 집도 기역 자 집도 일자집도 있었다. 열두 집이 사는 마을 군데군데에는 공용 화장실이 서너 개 있었다.

열두 집을 둘러싼 돌담을 타고 올라가면 정화된 물을 보관하고 배수하는 저수조가 나왔다. 저수조는 두꺼운 철판에 덮여 있었다. 그 주위로 영화 〈사운드 오브 뮤직〉의 마리아와 아이들이 도레미송을 불렀음 직한 푸른 잔디가 펼쳐졌다. 계절 따라 노랗고 흙빛이었을 너른 들녘이 내 기억 속에서는 사시사철 푸르렀다. 세상은 눈부신 하늘로 반을, 초록 잔디로 반을 꽉 채웠다.

뽐뿌장에 사는 열두 집 아이들은 잔디 위에서 공중제비를 돌고 다방구를 하고 얼음땡을 했다. 단짝 친구 민희와 나는 밤늦도록 차가운 풀밭 위에 누워 금가루를 흩뿌려놓은 까만 하늘을 올려다보며 끝이 나지 않을 이야기를 나누었다.

뽀얗게 살이 오르고 연약한 뼈가 여물게 해준 곳. 내 추억의 8할은 바로 이곳에서 시작되었다. 지금도 가끔 그날이 떠오른다. 어느 날은 안방 아랫목에 엎드려 연두색 완두콩이 박힌 술빵을 먹으며 만화책 《캔디 캔디》를 읽었고, 어느 날은 시간 가는 줄 모르고 밖에서 놀다가 아빠의 매가 무서워 엄마야 나 살려라 하고 쏜살같이 엄마 등 뒤로 도망가 숨었다.

엄마는 검은 땟국물이 흐르는 얼굴로 배가 홀쭉해져 집에 들어온 나를 보며 아궁이에서 펄펄 끓는 물을 바가지로 퍼서 부엌 한가운데 놓인 빨간 고무 다라이에 부었다.

"까마귀가 친구야 친구야 하겠다. 어여 씻자."

엄마가 팔꿈치로 물 온도를 맞추면 나는 옷을 벗고 따뜻한 물속에 들어가 앉았다. 하얗게 모락모락 오르는 김과 다이알 비누의 강한 향에 스르르 눈이 감겼다. 별 다섯 개 달린 고급 호텔의 거품 목욕이 부럽지 않았다. 엄마는 비누칠을 하고 때수건으로 내 몸 이곳저곳을 공들여 밀며 주문을 외웠다. 이 손으로 좋은 일 많이 하고 푹푹 나눠주는 사람이 되어라. 이 발로 넓은 세상 마음껏 돌아다니고 세상에 빛과 소금 같은 사람이 되어라. 이 눈으로 책 많이 읽고 원없이 공부해라. 때때로 주문은 조금씩 바뀌었지만, 대체로 그런 내용이었다. 나는 엄마의 말을 신뢰했고 그렇게 될 줄로 믿었다.

온몸이 노곤해진 나는 배춧국 한 그릇을 배불리 먹고 숙제하다 꾸벅꾸벅 졸기 일쑤였다. 겨우 시늉을 마치고 방에 깔린 이불 속으로 들어갔다. 갓 풀을 먹여 사각대는 요에 누우면 공중에 붕 뜬 것처럼 몸이 가벼웠고 이내 몽롱해졌다. 어느 집에선가 들려오는 9시 스포츠 뉴스 소리, 밤늦게 싸돌아다닌다고 다 큰 자식에게 호통치는 소리, 갓 태어난 아기의 울음소리가 꿈결처럼 잦아들었다.

내 것 네 것이 따로 없는 동네 사람들이 지긋지긋하게 싫었지만 그곳을 쉽게 떠날 수는 없었다. 내가 기억이라는 걸 할 수 있을 때부터 아빠가 직장을 옮겨 쫓겨날 때까지 무려 15년을 한곳에서 살았다.

만리동2가 199번지. 하늘과 맞닿은, 세상에서 가장 높은 동네였다. 좋게 말하면 옹기종기, 사실적으로 표현하면 다닥다닥 붙어 살았다. 아랫마을과 멀리 떨어져 있어 이곳 열두 집 식구들을 제외하면 이 꼭대기에 사람이 사는지, 어떻게 사는지 아무도 알 수 없는 곳이었다. 큰 마당의 오래된 나무에 그네를 매달아 타고 발을 구르면 별이 발끝에 차이고 쪽마루에 앉아 가래떡을 먹다 팔을 쭉 뻗으면 노란 보름달에 닿을 듯했다.

아랫마을에서 올라오는 길, 가쁜 숨이 차고 뒷다리가 당길 즈음 회색 담이 높게 둘러쳐진 관사가 나왔다. 언뜻 군부대 같기도 하고 국가 기밀 기지 같기도 했다. 물이 빠진 파란색 제복을 입은 청원 경찰 한 명이 경비실에서 꾸벅꾸벅 졸다가 지나가는 아이들이 배꼽 인사를 하면 손을 눈썹 옆에 붙여 거수경례를 했다. 마지막 힘을 다해 가파른 계단을 올라가면 드디어 널찍한 공터가 나왔다. 여기서부터가 우리 동네였다.

아이들은 그곳을 큰 마당이라고 불렀다. 다방구를 하기에 좋은, 학교 뒷마당쯤 되는 크기였다. 오래된 플라타너스 몇 그루와 제법 큰 평수의 집 두 채가 있었다. 기와지붕에 큰 창문이 있는 그 집에는 소장과 본부장이 산다고 했다. 두 집 사이로 놓인 길을 따라가면 중간 정도 되는 크기의 마당 주위로 일곱 개 집들이 바싹 붙어 있었다. 우리는 그곳을 중간 마당이라고 불렀다. 그곳에는 사는 게 불만투성이인 누런 개가 철판을 되는대로 이어 붙여 만든 개집 앞에 엎드려 있었다. 개는 찌그러진 양푼에 담긴 남은 밥을 배불리 먹었고 질깃한 막에 둘러싸인, 군데군데 살이 남아 있는 갈빗대로 이갈이를 했다. 지나다니는 사람들은 개 팔자가 상팔자라고들 했다.

그 개집 앞을 지나야 우리 집으로 갈 수 있었다. 방법은 하나였다. 반대편 벽에 거미처럼 찰싹 붙어 숨을 참고 지나가면 됐다. 세계 3대 거짓말, 아니 최소 5대 거짓말 중 하나가 '우리 집 개는 물지 않아요'일지 몰랐다. 아무리 봐도 개가 매달고 있는 목줄은 지나가는 사람들에게 해를 끼칠 만큼 길어 보였지만 아무도 개 주인에게 목줄을 줄이라고 말하지 않았다.

스파이더맨이 되어 개집 앞을 통과하면 마지막 세 집, 민희네, 태우 오빠네 그리고 우리 집이 나왔다. 이곳의 집은 저마다 생김새가 달랐다. 갖고 있는 벽돌 개수에 맞춰 형편에 따라 지은 듯 비정형이었다. 어떤 형태라고 말할 수 없었다. 살다 보니 마루가 필요해서 마루를 만들어 붙이고, 아이가 태어나서 방을 하나 더 만들고, 연탄 광이 필요해서 담을 쌓아 공간을 더 넓힌 형국이었다.

우리 집도 그렇게 지어진 집 가운데 하나였다. 대문을 열면 바로 부엌이 나왔다. 부엌에서 미닫이문을 열면 안방이, 안방에서 문을 열면 작은방이 나왔다. 작은방 뒤쪽에 광이 있었는데, 그곳에는 시커먼 연탄, 커다란 다라이, 김장할 때 쓰는 대나무 채반이 차곡차곡 겹쳐 있었다. 화장실은 민희네, 태우 오빠네, 우리 집이 공동으로 사용했는데 딱 세 집의 중간쯤에 있었다.

엄마는 시멘트 부엌 바닥을 나일론 빗자루로 싹싹 비질하고 그 위에 물을 뿌렸다. 활짝 연 부엌문이자 대문 안으로 들어오는 햇빛에 젖은 바닥을 바짝 말렸다. 그릇은 해가 잘 드는 곳에 가지런히 줄을 맞추어 놓고, 어린 자식들의 운동화는 솔로 빨아 따뜻한 아궁이 주위에 세웠다. 소창으로 만든 하얀 행주는 빨랫줄 위에서 팔랑댔다. 계절마다 부는 바람이 빨래를 뽀송하게 말렸다.

아빠는 초배지 위에 시멘트 포장지를 얇게 펴서 두어 겹 바르고 콩기름이 묻어나는 콩댐을 발라 노르스름한 장판을 만들었다. 아랫목은 불에 탄 진갈색, 그 위로는 연갈색, 냉골처럼 추운 윗목은 처음 그대로인 노란색이어서 방바닥이 온통 군고구마 같았다. 안방 구석에는 눈처럼 하얗게 삶은 걸레가 플라스틱 통 안에 가지런히 담겨 있었다. 부엌 찬장 안쪽에는 일 년 내내 부은 곗돈을 타서 장만한 보라색

수국 코렐 찻잔 세트가 있었다. 우리 집 문지방을 넘는 손님들을 대접할 때 쓰는 엄마의 보물이었다.

엄마는 쉬는 법이 없었다. 그 옛날 한복집 아주머니가 바느질을 하면서 손님을 맞이하듯 엄마는 광이 나게 걸레질을 하며 고구마순 껍질을 벗기고 멸치 똥을 빼면서 마실 나온 동네 아주머니들의 하소연에 고개를 끄덕이고, 밥때를 놓친 화장품 방문판매 아주머니에게 인절미를 구워다 주었다.

엄마의 바지런한 손길이 방금까지 머물다 간 화분들이 치맛단을 따라 박음질된 레이스처럼 둘러 있고, 대문 옆 담벼락에는 수도꼭지가 하나, 크기가 제각각인 항아리가 몇 개 있었다. 평범하기 짝이 없는 화분과 항아리를 엄마는 윤이 나도록 쓸고 닦았다. 나는 엄마가 언제고 떠날 집, 아무도 봐주지 않는 막다른 구석 집에 시간과 정성을 쏟는 이유를 알지 못했다. 그때 엄마 옆에 앉아 꽃 이름을 물어보고 힘겹게 싹을 올린 식물을 대견해했더라면, 다 마른 빨래를 같이 걷으며 수다를 떨고 엄마와 눈을 한 번 더 마주쳤다면 어땠을까. 하찮고 작은 것들, 내 이름만큼이나 미진한 것을 마침내 사랑하게 된 지금, 엄마의 마음을 어슴푸레 알 듯하다. 손끝이 닳도록 가족을 아끼고, 자식들 입에 들어갈 음식을 만들어 먹이고, 그것이 남의 집이건 나의 집이건 가족이 숨 쉴 공간을 쓸고 닦고 조금이라도 예쁘게 꾸미고 싶은 마음 같은 것 말이다.

완벽한 복수

어스름한 저녁, 어느 집에서 된장찌개를 먹는지 고등어조림을 먹는지 눈을 감고도 맞힐 수 있었다. 한 치의 오차도 없이 누구네 부엌에서 풍기는 냄새인지 정확한 지점을 포착할 수도 있었다. 소리 소문 없이 몰래 먹는 방법을 누군가 발명해낸다면 틀림없이 노벨상을 받거나, 적어도 동네 영웅이 되었을 것이다.

뚫린 창문을 모두 닫고 '뻑기'를 해 먹어도 어느새 골목

길은 설탕과 소다가 뒤섞인 냄새로 달큰했다. 냄새는 러너의 발을 가지고 있었다. 중간 마당에 사는 재민이 엄마가 어느새 재민이를 등에 업고 집 앞을 기웃댔다.

"너희들 탄불 아궁이는 제대로 닫았냐? 시방 문 닫고 뭣들 하는 짓거리여. 엄마 없다고 아주 신이 났구먼. 퍼뜩 문 열어."

동네방네 돌아다니며 콩 놔라 팥 놔라 잔소리하기가 특기인 재민이 엄마에게 딱 걸렸다.

비밀이 없는 곳, 은밀함이 꽃필 수 없는 곳, 감추고 싶은 것이 있어도 즉시 발각되는 곳이었다. 입덧하는 아내에게 통닭 한 마리 사다주기도 힘든 동네였다. 닭다리를 한 입 베어 무는 순간, "맛있겠다" "먹고 싶다" 하는 아이들의 합창이 창문 밑에서 돌림노래로 들려왔고, 퇴근길 누구 아빠의 손에 무엇이 들려 있는지에 아이고 어른이고 촉각을 곤두세웠다. 먹고살기 힘든 때 내 식구 내가 먹이겠다는데 무슨 상관이냐고 받아치는 똑 부러지고 야무진 아주머니도 있고, 앉은 자리에 풀도 안 나겠다며 쏘아보는 눈 흘김에 마지못해 알아서 자진 납세하는 마음 약한 이들도 적지 않았다. 소문은 쉬이 나고 오래 돌았다.

엎어지면 코 닿을 거리, 분명 우리 집 문에서 엎어지면 코나 이마쯤은 충분히 닿을 거리에 소꿉친구 민희가 살았다. 양쪽 집이 동시에 문을 열면 쿵 하고 부딪힐 만큼 가까웠다. 경북 성주에서 온 민희는 동갑내기 친구였지만 푸근한 언니 같았다. 키가 나보다 머리 하나만큼 더 커서 민희가 어깨동무를 하면 나는 그 품에 폭 안겼다.

모델 아줌마로 통하는 민희 엄마는 충정로사거리에 있는 우리 동네 유일의 고층 건물인 종근당빌딩에서 청소를 했다. 8층과 9층 청소를 담당하는데 여름이면 시원하고 겨울이면 따뜻한 데다 월급도 따박따박 나와서 세상 최고의 직장이라고 했다. 동네 아주머니들은 모이기만 하면 민희는 엄마처럼 키가 커서 미스코리아가 될 거고, 민희 오빠 재석이는 인물이 훤해서 영화배우 뺨치겠다고 침을 튀겨가며 칭찬했다. 대화는 언제나 간지러운 아부와 청소라면 자신 있다는 아주머니들의 일자리 청탁으로 끝이 났다. 민희 엄마가 공들여 화장하고 골목길을 빠져나갈 때면 동네 아저씨들은 짐짓 안 보는 척 흘깃거렸고, 아주머니들은 그녀의 능력을 부러워했다. 고층 빌딩에 일하러 가는 민희 엄마는 내 눈에도 멋져 보였다.

민희 할머니는 서울 민희네 집에 들를 때면 늘 단내가 풀풀 풍기는 노란 참외를 양손 가득 싸 들고 왔다. 어느 날 낮에 민희가 참외 하나를 갖고 나와 마당에서 놀고 있는 내게 보여줬다.

"이건 그냥 참외가 아니고 배꼽참외야. 이봐, 배꼽처럼 볼록하지? 정말 꿀맛이야. 엄마 오시면 먹을 거야."

"와, 특이하다. 보통 참외랑 다르네?"

배꼽처럼 툭 튀어나온 참외는 한눈에 봐도 신기했다. 회가 동한 나는 민희 엄마가 퇴근하고 오면 참외 하나쯤은 얻어먹으리라 은근히 기대했다. 달그락거리는 엄마의 저녁밥 짓는 소리 사이로 민희 엄마의 또각또각 뾰족구두 소리가 들렸다.

'조금 있으면 민희가 참외 몇 개쯤 들고 오겠지?'

저녁을 먹으면서도 숙제를 하면서도 기다렸다. 그러다 까무룩 잠이 들었다. 이튿날 아침 눈을 뜨자마자 엄마에게 물었다.

"엄마, 민희가 참외 갖고 오지 않았어?"

"뭘 그렇게 바라니. 민희네는 우리보다 식구가 많잖아. 남자애들이 얼마나 먹성이 좋은데."

서운함이 밀려왔다. 우리는 딸 둘에 네 식구, 민희네는 아들 둘에 딸 하나니까 모두 다섯 식구. 참, 할머니도 계시지……. 그래도 슬펐다. 원더우먼이나 미스코리아처럼 생긴 민희 엄마는 멋있긴 해도 우리 엄마처럼 마음씨가 곱지는 않았다. 내가 본 민희 할머니의 참외 자루는 분명히 터질 듯 빵빵했으니까.

학교 가는 길에 민희 얼굴을 쳐다보기 싫었다.

'너희 엄마는 어쩌면 그럴 수 있니. 우리 엄마는 맛있는 거 있으면 맨날 갖다주는데. 내가 그깟 참외 못 먹어서 이러는 거 아니거든. 사람이 나눠 먹을 줄 알아야지.'

커다란 눈을 껌뻑이는 민희를 보고 있으면 왠지 마음에서 미운 소리가 마구 쏟아져 나올 것 같아 땅바닥만 바라보며 신발을 질질 끌고 학교에 갔다.

집에 돌아와서도 마음이 풀리지 않았다. 장독대 옆에 깔린 돗자리 위에서 숙제를 하고 일기를 썼다. 전날 본 일일 드라마의 줄거리와 감상을 쓰고 이어질 내용을 상상해서 덧붙였다. 평일에는 일일 연속극이, 주말에는 주말 연속극이 내 일기의 중심 소재였다.

주인공이 언니의 신분을 빼앗고 부잣집으로 들어가 딸 행세를 하는데, 그 여자가 가짜 딸인 걸 아는 사람이 나타나 가슴이 쫄깃하다느니, 진실이 밝혀지면 주인공의 운명은 어떻게 되는 건지 궁금해서 오늘 밤 잠들 수 없을 것 같다느니 쓰며 대충 숙제를 마치고 일어서는데 하늘에서 후드득 송충이인지 갈충이인지가 떨어졌다. 나는 그중 하나를 집어 민희네 집을 향해 정확히 조준했다. 툭 하고 민희네 대문에 부딪힌 벌레가 소리 없이 문 앞에 떨어졌다. 나의 소심한 복수전은 그렇게 막을 내렸다.

술래잡기

사람들이 다니지 않는 곳으로 개집을 옮기라는 말도, 개 목줄을 줄이라는 말도 동네 사람들은 하지 못했다. 서로 누군가 말해주길 바랐지만 앞장서서 총대를 멜 사람은 없었다. 기울어진 운동장처럼 동네 사람들의 마음은 태우 오빠네 쪽으로 기울어져 있었다. 아주머니들은 그 집 안주인의 말에 쉬이 수긍했고, 김장 날이나 연탄이 들어오는 날이면 팔을 걷어붙이며 도왔다. 어쩌다 동네 싸움이라도 나면 무조

건 태우 오빠네 편을 들었다.

낮잠을 자는 척하며 엿들은 어른들의 이야기를 짜깁기하면, 서울 남쪽에 양재동이라는 곳이 있는데 그게 모두 태우 오빠 친할아버지의 땅이었다. 서울 북쪽 사람들이 제아무리 한강 다리를 건너봐야 태우 할아버지 땅을 거치지 않으면 남쪽 고향 땅 밟기는 애당초 글렀다며, 지금은 논과 밭이 그린벨트인지 뭔지로 묶여 있지만 언젠가 규제가 풀리면 엄청난 땅 부자가 될 거라고 했다.

그래서인지 태우 오빠네 부엌에서는 사골 우리는 냄새가 수시로 풍겼다. 날이 어둑해져 뱃가죽이 등허리에 붙을 즈음이면 그 냄새에 놀던 발길이 절로 멈췄다. 뽀얀 사골국에 밥을 말아 먹는 태우 오빠네 식구들이 부러웠다. 입속에 고인 시큼해진 침을 삼키며 배가 빵빵하게 부풀도록 부뚜막인지 석유곤로인지에서 끓는 고소한 사골국 냄새를 들이마셨다.

엄마는 양 볼이 토실하고 키가 훤칠한 태우 오빠를 볼 때면, 어려서부터 귀한 사골을 많이 먹어서 그런가 시루에 든 콩나물처럼 하루가 다르게 쑥쑥 크는구나, 라며 남의 집 아들의 윤기 나는 검은 머리칼을 쓰다듬었다. 태우 오빠의 누나인 태희 언니를 볼 때면, 어쩜 저렇게 다리가 길쭉할까, 하고 감탄사가 섞인 혼잣말을 뱉다가 이내 한숨을 쉬었다. 그게 한숨 쉴 일인지, 그 한숨의 의미가 무엇인지, 그때는 몰랐다.

우리 집에는 하루가 멀다고 사람들이 드나들었다. 계원들, 교회 구역 식구들, 친척들, 고향 친구들, 각종 방문판매원이 아니면 지나가던 검침원이라도 찾아왔다. 엄마는 경제적 자유를 꿈꾸는, 자타 공인 은행보다 믿을 만한 계주였고, 나누기에 힘쓰는 교회 집사님이었고, 제일 만만한 며느리이자 의리 있는 서울 친구, 일찍이 고향을 떠나 서울에 자리 잡은 친척들의 비빌 언덕이었다. 드나드는 사람들 덕분에 우리 집 문지방은 참기름을 바른 듯 반지르르 윤이 났다. 사람들은 김 한 톳, 북어 한 축, 복숭아 한 봉지, 설탕 묻은 꽈배기 서너 개, 로션이나 영양크림 샘플이라도 들고 엄마를 찾아왔다.

손님들이 오면, 그러니까 꽤 자주, 동네 아이들은 좁디

좁은 우리 집 앞 골목길에서 딱지를 쳤다. 딱지를 치면서도 아이들이 노리는 건 따로 있었다. 손님에게 대접할 음식을 만들 때마다 엄마는 잊지 않고 문 앞에서 놀고 있는 아이들에게도 간식을 챙겨주었으니까. 감자전을 해도, 김치 부침을 해도 모두 맛볼 수 있게 쭉쭉 찢어 주었다.

나도 모르게 눈을 흘겼다.

'으이, 치사한 녀석들. 자기네 손님 오면 안에서 문을 꼭 잠그면서 우리 집에 손님 오면 지들이 더 반가워하네.'

아주머니들 특유의 숨넘어가는 듯한 웃음과 질펀한 수다와 한바탕 먹자판이 끝나면 슬슬 엄마를 찾아온 진짜 이유가 드러났다.

"사실은 내가……."

방금까지 꺄르르 방바닥을 뒹굴며 웃던 화장품 방문판매 아주머니는 아들 등록금이 필요하다며 사정하고, 여수에서 상경해 매달 시골집에 돈을 송금한다는 목욕탕 때밀이 아주머니는 시아버지 병원비가 급하다며 곗돈을 미리 당겨달라고 닭똥 같은 눈물을 떨구었다.

"어쩌면 좋아. 세상에 그런 일이."

이야기를 듣는 사이 엄마의 눈에도 눈물이 고였다. 순식간에 이루어진 감정이입이고 놀라운 측은지심이었다. 엄마는 한 집 한 집 사연을 곱씹으며 대책을 마련했다. 이때쯤 되면 먹을 만큼 다 챙겨 먹었다고 생각한 아이들과 뻔한 스토리에 흥미를 잃은 나는 슬금슬금 중간 마당으로 자리를 옮겼다. 그런데 우리의 운동장이자 숨을 곳이 많은 중간 마당으로 가는 길에 늘 보던 못생기고 심술 맞은 태우 오빠네 개가 보이지 않았다.

"태우 오빠, 심술이 어디 갔어?"

"넌 왜 우리 집 찰스한테 심술이라고 하니?"

"개가 어딜 봐서 찰스야, 찰떡이라면 모를까."

"찰스, 배수지에 산책 갔거든."

동네 아이들과 숨바꼭질을 하기로 했다. 우리 동네는 집들이 다닥다닥 붙어 있고 길은 미로처럼 구불구불해 숨고 찾기에 딱 좋았다. 이 집과 저 집이 하나로 이어져 있어 정신을 바짝 차려야 했다. 빨랫줄에 널린 하얀 소창 기저귀를 젖히면 한 사람이 간신히 들어갈 만한 비좁은 개구멍이 나오고, 그곳을 웅크리고 통과하면 집 한 채가 짠 하고 나타나는 식이었다.

숨바꼭질이 시작됐다. 민희가 술래였다. 민첩할 민(敏)

에 기쁠 희(喜)라는 이름을 가진 민희는 동작이 굼떴고 기쁨보다는 겁이 더 많았다. 민희가 술래라는 건 퍽 싱거운 한 판이 될 거라는 예고였다.

"꼭꼭 숨어라, 머리카락 보인다. 숨었니?"

"숨었다."

"나, 찾는다?"

머리를 써서 멀리 숨을 것도 없었다. 대충 민희 눈에 띄지 않을 곳에만 숨으면 됐다. 민희는 여기저기 뒤지고 다닐 열심도, 술래집을 멀리 떠날 용기도 없었다. 그저 술래집에서 몇 발자국 떨어져 어슬렁거리는 게 전부였다. 나는 태우 오빠네 개집이 떠올랐다.

'맞아, 오늘 찰스인지 찰떡인지 집에 없지.'

개집 뒤에 몸을 감추기로 했다. 술래 바로 맞은편이지만 괜찮았다. 개집은 크고 민희가 여기까지 찾으러 오지도 않을 터였다. 나는 한쪽 다리를 까치발로 세워 개집 지붕 위에 올라가 배를 뱅그르르 돌린 다음 개집 뒤로 숨었다. 아이들은 이 집 저 집 열린 대문 뒤에 몸을 감췄다.

역시나 오늘도 민희는 아무도 찾지 못했다. 아니 찾지 않았다. 찾으러 다니는 사이에 아이들이 우르르 달려 나와 술래집에 대고 '야도' 하고 외칠까 봐, 발을 떼지 못했다.

'저렇게 소극적이어서 이 험한 세상을 어떻게 살까.'

민희의 앞날이 걱정스러웠다. 민희는 기껏 술래집 근처의 장독대 항아리 뒤를 살피고 수돗가 옆에 엎어진 빨간 다라이를 들춰 볼 뿐이었다. 그런 곳에 숨을 아이는 아무도 없었다. 숨바꼭질 생활 몇 년인데 그렇게 시시한 곳에 숨겠는가.

"얘들아, 나 못 찾겠어. 못 찾겠다, 꾀꼬리."

민희가 울음 섞인 목소리로 항복을 외쳤다. 그러나 아무런 반응이 없었다. 잠시 후 더욱 울음기 짙어진 목소리가 하늘을 향해 서럽게 소리쳤다.

"못 찾겠다, 꾀꼬리."

숨어 있던 아이들은 기분 다 잡쳤다는 표정으로 하나씩 튀어나왔다.

"아니, 찾지도 않고 꾀꼬리래. 시시해. 앞으로 민희 빼고 하자."

나는 불쌍한 민희를 달래고 대신 술래를 한 번 서줄 생각으로 개집을 다시 넘었다. 한 발을 올리고 개집 지붕 위에 엎드려 배를 뱅그르르 돌려 반대쪽으로 내려오고 있었다. 그 순간, 마무리가 되지 않아 날 선 지붕을 덮은 철판이 다리 살점을 파고들었다. 미끄러져 내려오는 힘에 살이 드르륵 아래로 패여 찢어졌다. 다급한 외마디 소리와 함께 아이들이 모여들었다. 내 다리에서 피가 뚝뚝 떨어졌다. 파란 하늘이 멀어지며 나는 휘청거렸고 겁에 질려 울음을 터뜨렸다. 아이들이 우리 엄마를 찾는 소리가 들렸다. 곧이어 엄마가 맨발로 달려왔다.

놀란 아이들이 빙 둘러서서 지켜보는 가운데, 재민이 엄마는 무슨 가루를 가져와 상처에 즉효라며 이걸 뿌려야 한다고 했고, 엄마는 "내가 미쳤지, 미쳤어. 돈이 뭐라고……. 미안하다, 미안하다" 하고 울며 자책했다. 그때 엄마가 무슨 응급조치를 했는지는 모르겠다. 병원에 간 기억도, 꿰맨 기억도 없으니까. 하지만 지금도 내 무릎 옆에는 커다란 송충이 크기의 상처가 있어 다리를 접었다 펼 때면 살아 있는 듯 꿈틀댄다.

그 후 태우 오빠네 가족을 쳐다볼 때면 내 눈에서 초강력 레이저가 발사됐다. 내가 이름도 제대로 불러본 적 없는 찰스인지 찰떡인지를 미워했던 것은 아니었다. 개 목줄을 길게 해서 지나가는 사람에게 공포감을 주고 개집을 안전하게 만들지 않은 개 주인을 원망했을 뿐이다. 물론 위험한 개집에 조심성 없이 올라간 내가 제일 사고뭉치였지만. 그 후로도 엄마는 여러 번 육상 선수가 되어 바람을 가르며 달렸다.

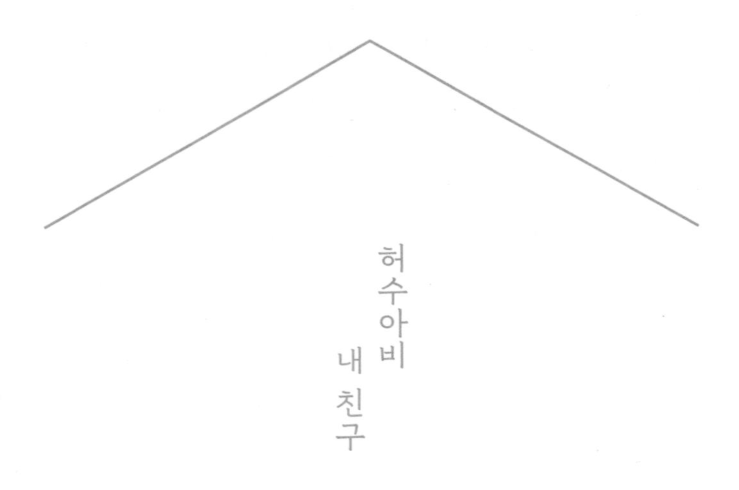

허수아비 내 친구

귀한 아들이라는 민희 오빠 재석이와 역시 귀한 아들인 남동생 재수 사이에 내 친구 민희가 있었다. 짧은 머리에 늘 칙칙한 남자 옷을 입고 선머슴처럼 돌아다니는 아이였다. 돈을 벌기만 하고 쓸 줄 모르는 최강 구두쇠 민희 엄마를 보며 나는 민희 엄마가 언젠가 10층짜리 종근당빌딩을 사서 빌딩 주인이 되거나 배수지를 가장 먼저 탈출해 아랫마을 아파트로 이사할 거라고 점치곤 했다. 그렇지 않다면 왜 하나뿐인 딸에게 새 옷 한 벌 사주지 않고 민희 오빠가 입던 크고 낡아빠진 옷만 입히겠는가. 빛바랜 커다란 잠바의 소매를 둘둘 접어 입은 민희는 가을 들녘의 허수아비처럼 보였다.

나 역시 사촌 언니나 동네 언니들에게 옷을 물려 입었지만 좀 달랐다. 엄마는 늘 내 몸에 맞게 옷을 수선해주었다. 구멍이 뚫리거나 낡아서 해진 부분에는 색실로 수를 놓거나 다른 옷에서 예쁜 그림을 오린 다음 아플리케로 감쪽같이 덮었다. 아무도 그게 헌 옷인지 눈치채지 못할 정도였다. 엄마의 손길이 닿는 순간 뚝딱 멋진 새 옷으로 변신했기 때문이다.

민희를 측은하게 생각한 건 옷 때문만은 아니었다. 식구들 모두 민희에게 무관심했다. 민희 엄마는 출근 전 화장을 하며 민희에게 엄포를 놓았다.

"밥때 되면 싸돌아다니지 말고 오빠 제때 밥 차려줘야 한다."

민희는 밖에서 놀다가도 시간이 되면 허겁지겁 들어가 밥상을 차렸다. 이렇게 해야 엄마가 좋아해. 집에 남은 여자가 나밖에 없으니 당연한 거야. 나는 칭찬받는 게 좋아.

설거지를 하고 마른행주질까지 해서 찬장에 넣는 모습을 옆에서 구경하는 내게 민희는 그렇게 말했다. 그런 민희의 얼굴이 어딘지 쓸쓸해 보였다.

나는 프로야구를 보는 오빠에게 밀려 좋아하는 드라마도 마음껏 보지 못하는 민희에게 지난밤에 방영한 연속극을 실제보다 더 재미있게 재현해주었다. 내 이야기에 빠진 민희의 크고 검은 눈이 반짝였다.

텔레비전에 나온다고 해서 모든 드라마가 흥미로운 건 아니었다. 실망하는 날도 시간이 아깝다고 느껴지는 날도 많았다. 그렇게 시시한 드라마를 보고 이부자리에 누우면 밤새 그 드라마를 고치고 다시 쓰느라 잠을 이루지 못했다.

'그건 아니지, 나 같으면, 나 같으면……. 역시 김수현 작가가 최고야. 나도 김수현 작가처럼 글을 잘 쓰고 싶어.'

나는 김수현 작가의 〈사랑과 진실〉을 보며 감탄했고 드라마가 방영되는 주말이 오기만 손꼽아 기다렸다. 타인의 삶을 훔친 주인공이 겪는 불안, 이를 기필코 지키겠다는 처절한 의지, 빼앗긴 자가 겪는 역경, 주변 사람들의 도움, 그리고 밝혀지는 진실. 〈사랑과 진실〉을 볼 때면 아무리 오줌이 마려워도 자리를 뜨지 않고 몸을 배배 틀며 참았다.

집안 분위기가 심상치 않은 날이면 언니와 나는 책상에 앉아 공부하는 흉내를 냈다. 그러나 어찌 드라마를 포기할쏜가. 우리는 두꺼운 참고서를 세워 라디오를 가리고 젓가락 같은 쇠막대가 쭉쭉 뽑혀 나오는 안테나를 360도 돌려 지붕 위 안테나 쪽을 어림잡다 주파수를 맞췄다. 라디오가 뒤엉킨 소리로 지지직거리면 신입 간호사가 푸른 정맥을 찾는 감각으로 초조하게 주파수를 더듬었다. 마침내 드라마의 주인공 효선이와 미선이의 목소리가 희미하게 들려왔다.

엄마는 공부는 하지 않고 드라마에만 빠져 있는 나를 보고 한숨을 내쉬며 말했다.

"넌 커서 뭐가 되려고 그러니. 공부하지 않으면 엄마처럼 된다."

나는 '공부하지 않으면 엄마처럼 된다'는 말이 욕 천 개보다 더 듣기 싫었다. 왜 세상에서 가장 불쌍하고 한심한 사람으로 자신을 선택하는 거지? 공부 안 하는 자식을 정신 차리게 하기 위해 자신을 비극의 밑바닥으로 끌어내린 엄마를 이해할 수 없었다. 엄마가 좋은데, 엄마처럼 살고 싶은데, 엄마처럼 주변 사람들의 칭찬을 들으며 살고 싶은데, 엄마는 엄마처럼 사는 게 망했다는 뜻이라고 했다. 얼마나 잘 살아야 망하지 않는 것인지 그때 나는 엄마를 온전히 이해하지 못했다.

민희도 나도 기분이 울적한 날이면 돌담을 훌쩍 뛰어넘어 배수지로 갔다. 그곳에 올라가면 시내 한복판으로 이어지는 길이 보였다. 산의 정상에 오른 듯 야호를 외쳤다. 무릎까지 웃자란 초록색 잔디 위를 전속력으로 달리다가 괜스레 넘어지고 소리 내어 깔깔 웃었다. 한참을 넘어지고 자빠지고 뒹굴다 지치면 우산대처럼 생긴 바랭이풀과 간질간질한 강아지풀 덤불 속에 누웠다. 차오르는 숨을 몰아쉬며 파란 하늘에 몽글몽글 떠 있는 솜구름을 바라봤다.

"너는 서울 와서 좋아? 성주에서 살 때보다 지금이 좋으냐고."

"소원이 뭐야? 커서 뭐가 되고 싶어? 직업 같은 거 있잖아. 선생님이나 의사 뭐 그런 거."

"너희 엄마랑 아빠는 안 싸워?"

"난 일단 부자가 되고 싶어. 그럼 공부를 잘해야 하는데 너도 알다시피 내가 공부를 잘 못하잖아. 그게 문제야."

우리는 맥락 없이 질문하고 뜬금없이 대답했다. 그러다 곱게 빗은 머리가 어느새 귀신 산발이 되어서야 느지막이 배수지를 내려왔다. 어김없이 동네 어귀에서부터 엄마의 된장찌개 냄새가 났고 열린 문 사이로 엄마의 뒷모습이 보였다. 돌아온 탕자처럼 반나절 만에 들어간 집이 반가워 엄마의 작은 등에 꼬질꼬질한 얼굴을 비볐다.

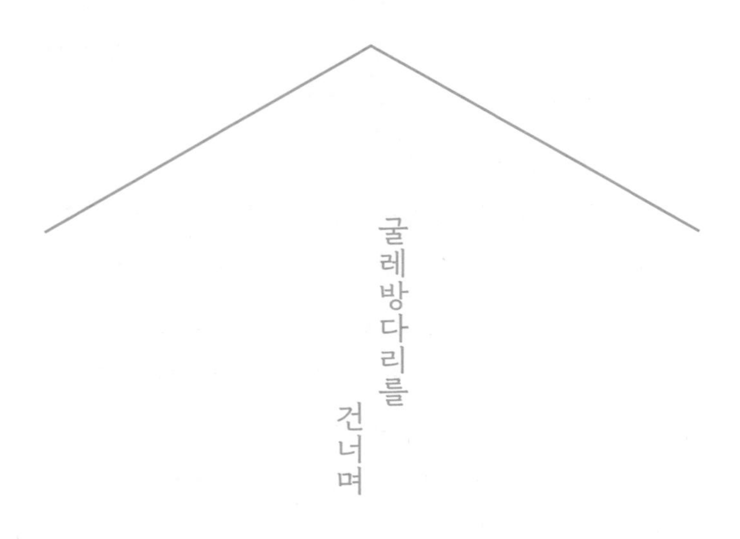

굴레방다리를 건너며

굴레방다리 위를 수많은 인파가 걷고 있었다. 2014년 겨울 9시 뉴스였다. 철거를 하루 앞두고 시민들이 마지막으로 걸어볼 수 있도록 고가도로를 개방한 것이다. 그곳을 추억하는 사람들이 쏟아져 나와 내일이면 무너져 내릴 다리를 걸었다. 굴레방다리를 가득 메운 사람들과 그들의 표정을 자세히 비추던 카메라는 연이어 항공 샷으로 그 일대를 넓게 조망했다. 나는 하던 일을 멈추고 화면 속에 비친 익숙한 듯 달라진 마을을 보았다. 충정로 일대, 중림동, 아현동, 북아현동, 대현동을 가로질러 유유한 곡선을 그리는 굴레방다리의 마지막 모습이었다.

어린 소녀 도로시가 회오리바람에 휩쓸려 마법의 대륙 오즈에 떨어지듯, 나는 기억 속 그곳에 툭 떨어졌다. 제일 먼저 하늘 높이 솟은 벽돌색 종근당빌딩이 보였다. 그때는 지상의 횡단보도 대신 종근당빌딩 지하에 있는 아케이드를 통과해 학교와 집을 오갔다. 허락 없이 이렇게 맘대로 지나가도 되는 건지 의아했고 빙글빙글 도는 회전문도 조금 부담스러웠지만 내가 가야 할 목적지를 향해 놓인 지름길이었다. 사계절 비와 눈, 뜨거운 햇살을 피할 수도 있었다. 아케이드라니, 근사하기도 해라. 이름마저 우아하고 고급스러웠다. 굴레방다리는 높이 우러러봐야 하는 큰형이 아닌, 동생들과 고만고만하게 놀아주는 둘째 형처럼 주변 동네와 어울렸다.

동갑내기 탤런트 김혜수가 졸업한, 태권도로 유명한 미동초등학교 앞에서 육교를 건너 충정로2가 노라노 양재학원이 있는 정류장에서 버스를 타고 굴레방다리로 향했다. 버스가 일차선으로 차선을 바꾸며 고가다리에 올라탈 준비를 했다. 운전사가 속도를 높였다. 차가 급정거라도 하면 몸이 휙 누군가의 무릎 위로 날아갈지 모를 일이었다. 양다리에 힘을 바짝 주고 버스 손잡이를 꽉 잡았다. 그곳에서 나는 언제나 처음인 것처럼 두 눈이 휘둥그레졌다. 그야말로 다른 세상이었다. 굴레방다리 좌우로 세상 모든 가구들이 견고한 자태를 드러냈다. 공주님의 핑크색 침대도, 왕과 왕비가 허리를 꼿꼿이 세우고 앉아 체리를 먹었을 금색 테두리의 앤티크 소파도, 드라마 속 사모님 댁에 있을 법한 잔잔한 크랙이 고급스러운 아이보리색 이태리 장식장도 있었다. 연이어 동서가구, 보루네오가구, 파로마가구, 레이디가구를 차례로 지나치면 실로 눈을 떼기 어려운 환상의 세계 제2막이 기다리고 있었다.

도로 양쪽으로 하얀색 망사와 반짝이는 비즈, 우아한 진주로 장식한 클래식 드레스, 인어를 연상시키는 머메이드 드레스, 페티코트를 한껏 부풀린 화려한 벨 라인 드레스가 끝없이 이어지고, 그 옆에선 새초롬한 보타이와 실크 화이트 셔츠, 검정 턱시도를 입은 마네킹이 인사했다. 하얀 커튼이 열리면 드레스를 입은 수줍은 신부가 모습을 드러내고 그 앞에서 초조하게 신부를 기다리던 신랑이 감격에 겨워 손뼉을 치는 모습을 상상했다.

흥분이 절정에 이를 즈음, 블랙 앤 화이트의 예복들은 빨간색, 노란색, 보라색 연주복으로 다시 한 번 변신했다. 인근 음대생들의 연주복이었다. 원색의 드레스는 저마다 정열을 내뿜었다. 수없이 고개를 좌우로 돌리며 어느 미래에 입을 나의 드레스를 고르느라 어지럼증에 걸릴 지경이었다. 경험이 말해줬다. 갈 때는 왼쪽을, 올 때는 오른쪽을 집중 공략해. 욕심을 버리고 한쪽만 감상하는 게 나아. 나는 방향이 겹치지 않도록 자리를 정하고 앉아 차분하고 여유 있게 눈앞에 펼쳐지는 광경을 즐겼다.

이제 굴레방다리를 비롯해 서울 상공을 달리던 고가도로들이 하나둘 역사의 뒤안길로 사라졌다. 그 옛날, 사람이 아닌 자동차 위주의 빨리빨리 문화가 만든 산물이라는 게 철거의 주된 이유라고 했다. 사람들의 시야를 가리든 말든 자동차는 신속하게 목적지에 닿아야 했고 고가도로가 발전된 도시의 척도로 여겨지던 때가 있었지만, 이제 새 시대를 맞아 사람이 우선인 도시를 만들려면 지난 행정의 오류인 고가도로를 철거해야 한다는 것이다. 하지만 굴레방다리의 출생 배경과 소멸 이유를 모르던 어린 나는 그곳에서 내려다본 공주 침대에 누워 잠을 자는 동화 속 주인공이었고, 반짝이는 드레스를 입고 그랜드 피아노를 치는 피아니스트였다. 또 어느 날은 눈부시게 아름다운 신부가 되기도 했다. 그것은 롤러코스터를 타고 달리는 미래 여행이었고 달콤한 한낮의 꿈이었다.

언젠가는 굴레방다리를 넘어 홍대입구까지 진출한 적도 있었다. 남이라고 해도 무방한, 멀어도 너무 먼 친척들이 주변에 많았다. 큰이모, 작은이모, 큰고모, 작은고모, 큰아버지와 그들의 자식들은 이미 가족이 된 지 오래였고 그들의 친척, 또 그들의 친척의 친척들도 어느새 친인척의 카테고리 안으로 들어왔다.

우리의 부모 세대는 서울을 기회의 땅이라 여겼고, 자식을 낳으면 서울로 보내야 한다는 말을 몸소 실천했다. 당시 서울에 어른이라고 할 만한 사람은 오로지 엄마 혼자였다. 엄마는 상경한 젊은것들이 제 밥벌이를 하고 사람들에게 코 베임을 당하지 않도록 보호해야 할 나름의 책임감을 느끼고 있었다.

어느 날 홍대입구 쪽에서 미용실을 하는 외종사촌의 사돈댁 언니에게 전화가 걸려 왔다. 언니는 서울에 올라와 미용 기술을 배우고 오랜 시다 생활을 거쳐 홍익대학교 근처에 있는 화방 이층에 미용실을 열었다. 언니는 오늘이 곗날인데 너무 바빠서 곗돈을 갖다줄 시간이 없다며 큰일이라고 했다. 신용이 생명인 동네 계주의 딸인 나는 망설임 없이 말했다.

"제가 갈게요, 언니."

나의 꽃길이자 롤러코스터인 굴레방다리를 건너 이대입구, 신촌오거리를 지나 좌회전을 하고 두 정거장을 더 들어가면 멀리 홍대 캠퍼스가 보였다. 버스는 주인을 기다리는 화구들과 나른한 토르소, 이국적인 얼굴의 석고상이 있는 화방 건너편에 스르르 멈췄다. 대로 양쪽으로 늘어선 화방 거리는 순수 미술의 성지였고 지나가는 모든 사람을 예술가로 보이게 했다.

횡단보도를 건너 미용실이 있는 이층으로 올라가기 전, 화방 앞에 머물렀다. 쉬이 발길을 돌릴 수 없는 그곳에서 시간을 보냈다. 무심한 척 고개를 돌리고 있는 미소년은 줄

리앙이라고 불리는 석고 데생 삼총사 중의 하나인 줄리아노 메디치였다. 어긋난 눈빛의 그는 나를 보지 않았다. 나도 그를 피해 수십 가지 색의 수채화 물감을, 스케치북이 올려진 이젤의 날렵한 다리를, 빛바랜 그림 한 점을 쳐다보았다. 그러다 그만 누군가와 번쩍 두 눈이 마주쳤다. 아그리파 석고상이었다.

'너 여기서 뭐 하니, 빨리 집에 가지 않고?'

하릴없이 놀고 싶은 내 양심을 정면으로 응시하고 있는 아그리파는 자비도 온정도 없이 그림과 화구에 빠진 나를 강렬한 눈빛으로 책망했다.

'지금 가려고 했는데요.'

몹쓸 짓을 하다 들킨 사람처럼 서둘러 이층에 있는 언니 미용실로 올라갔다. 서울 시내 선생님들과 사장님, 사모님 단골이 많은 언니의 시그니처 헤어스타일은 우아한 올림머리였다. 언니는 눈으로 내게 알은체를 했고 나는 천천히 하라고, 가진 건 시간뿐이라는 눈신호를 보냈다. 계단을 뛰어오르며 헉헉대던 숨을 지그시 누르고 〈레이디경향〉을 느리게 펼쳐 든 채, 전신 거울 앞에 앉은 고객들을 지켜봤다. 각기 완성되어가는 머리 모양과 함께 또 제각기 만족스러워하거나 아쉬워하는 표정까지. 나는 흐르는 음악과 헤어 드라이어 바람 소리, 고데기 쇳소리가 뒤섞인 낯선 세계에 금방 빠져들었다.

길쭉한 판에 손님의 긴 머리를 펴 바르던 언니가 마무리를 하고 내게 왔다.

"어머, 미진이가 여기까지 왔구나. 미안해서 어떡하니, 도저히 나갈 시간이 없어서. 고맙다."

나를 주방 쪽으로 데려간 언니는 메고 간 가방 안쪽 깊숙이 곗돈을 찔러 넣고는 버스 정류장까지 데려다주었다. 버스 정류장 앞에는 새로 오픈한 이랜드와 언더우드 매장이 나란히 있었다. 언니가 내 손을 잡고 이랜드 매장 안으로 들어갔다. 화려한 빨강, 파랑, 노랑 원색의 겨울 파카들이 벽에 빼곡히 걸려 있었다. 언니는 영어 알파벳 E와 LAND가 커다랗게 박힌 파카 하나를 고르더니 내게 입어보라고 했다.

"요새 이 옷이 유행이라며? 너도 입어봐. 미진이가 너무 착해서 언니가 사주는 거야."

아닌데, 그게 아닌데? 내가 좋아서, 콧바람 좀 쏘이고 싶어서 온 건데? 너무 큰 선물을 받아 어리둥절했다. 꿈인지 생시인지 자각하지 못한 채 다시 버스를 기다렸다. 버스가 오자 언니는 가방 속 돈을 잘 챙기라는 눈빛을 내게 무언으로 보냈고 나는 전장에 나가는 병사처럼 사명감에 불타 기필코 돈을 사수하겠다는 결의에 찬 눈빛으로 응답했다.

오리털인지 거위털인지 모를 털이 최고치로 충전된 파카를 입고 버스에 올라탄 나는 차의 손잡이를 올 때보다 더 꽉 붙잡았다. 그 손을 놓는 순간 몸이 공중으로 둥둥 뜰 것만 같았다. 한쪽 볼을 꼬집어 이게 현실임을 깨달아야 할 만큼 온몸이 몽글몽글했다. 가방 안에는 책임져야 할 큰돈이 있고, 가슴 위에 적힌 영어 스펠링은 너무도 강렬했다.

"미진이 커서 결혼할 때 언니가 신부 화장 해줄게. 세상에서 제일 예쁜 신부로 만들어줄게."

이랜드 파카를 선물 받은 날 이후 나의 롤 모델이 된 외종사촌 사돈댁 언니가 어린 내게 말했다. 나를 보는 언니의 눈빛은 무언가를 상상하는 자의 그것이었고, 조그만 꼬맹이가 아가씨가 되어 결혼하는 모습을 옆에서 지켜볼 자가 가질 법한 친근한 애정까지 담고 있었다. 나는 찰떡같이 그러겠노라고 대답했다.

하지만 나는 어린 내가 그렇게 빨리 어른이 될 줄 몰랐고, 결혼을 할 줄도 몰랐다. 먼 미래를 향한 약속은 그냥 '우리의 소원은 통일'이라는 노래 가사처럼 막연한 것인 줄 만 알았다. 한 번도 가보지 못한 산 너머의 광경이 눈앞의 현실이 될 줄 미처 몰랐다.

세월은 정확하고 빈틈없이 흘러 나는 어른이 됐고, 결혼을 앞두고 있었다. 기억에서 멀어진 언니로부터 한 통의 전화를 받았다.

"축하해. 언니가 예쁘게 화장해줄게. 결혼식 날 아침 일찍 화장하러 와."

"아……, 네, 언니, 감사합니다."

대답과 달리 나는 시내 유명 호텔에서 신부 화장을 했다. 붕어빵 찍듯 신부를 찍어내는 공장 같은 곳에서 처음 보는 누군가에게 메이크업을 받았다. 나를, 내 얼굴을 가장 잘 아는 언니, 영혼을 끌어모아 정성껏 머리를 만져주고 화장을 해주었을 언니, 어떻게 하면 내가 세상에서 가장 아름다운 신부가 될지 수십 년 전부터 고민했을 언니를 두고서.

양심이 침봉 위의 꽃처럼 마구 찔렸다. 거울에 비친 모습이 언니가 그린 이미지가 아니라는 걸, 언니가 상상한 동생의 신부 모습이 아니라는 걸 알았다.

결혼식 날 하객으로 참여한 언니가 신부 대기실로 나를 찾아왔다.

"미진이 예쁘네. 잘했어."

차마 언니 눈을 마주 볼 수 없었다. 결코 상대를 마주 보지 않는 석고상 줄리앙처럼. 미안해요, 언니.

호텔에서 메이크업을 해야 TV에 나오는 유명 배우처럼 예쁘고 화려할 줄 알았다. 원판 불변이 원판 가변으로, 평범한 얼굴이 연예인급 얼굴로 드라마틱하게 변화할 거라고 믿었다. 잘나간다는 애들이 한다는 유명 호텔에서 화려한 메이크업을 받고 싶었다. 굴레방다리를 건너는 버스에서 잔뜩 충전된 새 파카를 입고 둥둥 하늘로 날아오르던 그때의 나처럼, 스물일곱 살 나는 그렇게 어리석었다.

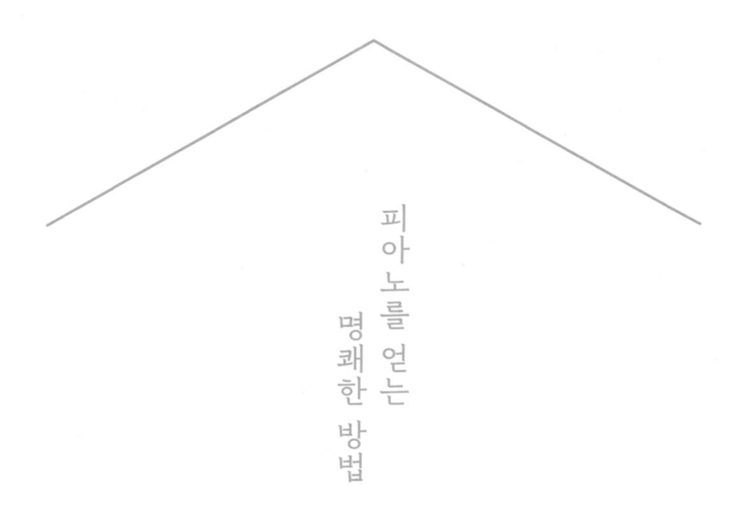

피아노를 얻는 명쾌한 방법

굴레방다리 한쪽에 새로 문을 연 상업은행 뒤로 허술한 상가와 납작한 주택, 여러 채의 한옥이 뒤섞여 있는 마을이 있었다. 내가 낯선 이웃 동네를 어제 그린 수채화처럼 선명하게 기억하는 이유는 전학 온 친구 소희 때문이다. 하얀 얼굴에 앞머리를 둥글게 내린 소희와 나는 학교가 끝나면 수다 꽃을 피우며 함께 집에 갔다. 내 집이 저만치 멀어지는 것도 모르고, 아니 알면서도 모르는 척하며 걷고 또 걷다 보면 소희네 집 대문이 나왔다. 우리는 그 순간을 못내 아쉬워하며 헤어졌다. 그러던 어느 날, 소희가 자기 집에 놀러 오라며 나를 초대했다.

소희의 집은 대하사극에 나오는 높은 벼슬아치가 사는 한옥이었다. 커다란 대문 앞에 선 나는 자꾸만 작아졌다. 잘 다듬어진 나무로 엮은 대문에는 쇠 문고리가 둥글게 매달려 있고, 위로는 서까래가 이어진 지붕이, 양쪽으로는 단단한 대들보가 의젓한 위용을 자랑했다. 이리 오너라, 하고 부르면 하인 하나가 쪼르르 달려 나올 법했다. 문이 스르르 열리자 나는 열린 문 사이로 들어갔다.

중문을 지나자 넓은 마당이 나왔다. 붉은 벨벳 맨드라미와 노란 금잔화가 눈을 아득하게 하고 마음에 거센 파도를 일으켜 나는 자꾸만 힘겹게 균형을 잡아야 했다. 마당 한쪽에는 조르르 물이 떨어지는 물방앗간이 있고, 잘 가꾸어진 나무가 시원한 그늘을 만들어냈다. 오색의 뜰 위를 맴돌던 하얀 나비가 장독대와 수돗가, 소희의 신발이 놓인 댓돌 위에 선과 원을 그렸다.

"어서 와."

소희가 미닫이문을 주르륵 여는 순간, 온몸이 꼼짝없이

굳고 말았다. 아현교회 본당에 놓여 있는 바로 그 검은색 피아노가 보였다. 나의 통통한 얼굴과 어깨, 들어 올린 손이 등 뒤의 햇살을 받아 피아노 몸체에 선명하게 비쳤다. 번쩍번쩍 빛을 반사하는 피아노가 성난 짐승처럼 거기 엎드려 있었다. 소희 엄마가 내준 맛난 간식을 입으로 깨물며 조잘거리고, 눈으로 소희를 바라보고, 귀로 소희의 말을 들었지만, 사실 내 마음은 온전히 피아노로 향해 있었다. 직사각형 가죽 의자에 앉아 피아노를 연주하는 내가 거기 있었다. 아무것도 모르는, 도저히 알 수 없는 소희가 말했다.

"나 학원 가기 전에 피아노 연습해야 하는데, 좀 기다려 줄 수 있지?"

"그럼. 난 괜찮아."

소희의 하얗고 가는 손가락이 건반 위에 놓였다. 열 손가락이 하나도 빠짐없이 제 음을 냈다. 때로는 빠르게, 때로는 느리게, 때로는 세고, 때로는 약하게. 내가 알던 〈엘리제를 위하여〉 〈소녀의 기도〉는 아니었다. 교회 아이들이 치는 〈오, 수잔나〉 〈즐거운 나의 집〉 〈아름답고 푸른 도나우강〉도 아니었다. 나로서는 이름도 알 수 없는 어떤 곡이었다. 가슴이 터질 듯 부풀었다. 세계적인 오케스트라 공연을 맨 앞줄에 앉아 감상하는 듯한 느낌이었다. 소희가 연주를 다 마칠 즈음 나는 벌떡 일어나 박수를 칠 뻔했고, 눈에서인지 가슴에서인지 찔끔 눈물이 나왔다.

그 후 피아노를 향한 나의 모진 상사병은 시작됐다. 피아노를 갖고 싶은 마음이 피아노를 치고 싶은 마음보다 컸다. 가죽 피아노 의자에 앉아 상아색과 검은색 건반을 어루만지고 싶었다. 이 몹쓸 병을 눈치챈 엄마는 나를 피아노 학원에 보내주었다. 하루 한 시간인지 오십 분인지 피아노를 배웠다. 연습을 많이 하면 뜰 위를 유영하던 나비처럼, 소희처럼 빛날 줄 알았다. 스케치북 표지를 뜯고, 아빠의 새 와이셔츠와 속옷 사이에 낀 마분지를 이어 붙여 종이 피아노를 만들어 책상 끝에 붙였다. 그러곤 틈만 나면 피아노를 치기 시작했다. 소리는 내 입에서 자동 플레이되었다.

어느 날은 치렁치렁하게 긴 엄마의 홈드레스를 입고 머리를 좌우로 흔들며 연주를 시작했다. 포르테에 이르면 종이 피아노를 부술 듯 격렬하게 움직였고, 알레그로에 다다르면 몸을 뒤로 부드럽게 빼고 느리면서도 나른한 손놀림에 행복에 겨운 표정까지 더했다. 이윽고 엄마와 아빠가 저녁 예배를 보러 간 사이 열린 '종이 피아노 연주회'는 대단원의 막을 내렸다.

관객이 보내오는 뜨거운 박수에 감격하여 고개 숙여 감사 인사를 하는 순간, 나는 보았다! 웃음인지 안쓰러움인지 모를 기묘한 표정을 짓고 있는 엄마와 아빠를. 숨어야 할 쥐구멍은 보이지 않고, 재빨리 도망치기에는 엄마의 드레스가 너무 길어 걸을 때마다 자꾸 발에 밟혔다.

"피아노가 그렇게 갖고 싶니?"

"네……."

"하기야 기술 있으면 어디 가서도 먹고 살지. 피아노 치는 기술이라도 있으면 결혼해서 애 낳고 가정을 꾸리면서도 돈 벌 수 있어 좋다. 여자도 생활력이 있어야 되거든. 엄마가 피아노 사줄 테니 열심히 배워서 나중에 제대로 써먹어봐라."

나는 기술만이 살길이라는 고성장 시대의 슬로건을 종교처럼 믿는 엄마 덕에 '곗돈을 타면'이라는 조건부 약속을 얻어냈고, 차곡차곡 부은 곗돈을 탄 날 드디어 검은색 영창피아노를 살 수 있었다. '온 세상에 울리는 맑고 고운 소리', 바로 그 피아노였다.

피아노가 들어오던 날, 동네 전체가 들썩거렸다. 이게 무슨 일이냐며 놀랍고 기가 찬다는 반응이었다. 트럭이 배수지 입구에서 멈췄고 영창 대리점 직원과 동네 아저씨들 몇 명이 피아노를 들어 올렸다. 박자에 맞춰 백 개는 족히 될 계단을 올라갔다. 앞에 선 아저씨들은 중간에 쉬면 더 힘들다고 끝까지 가야 한다고 했고, 뒤에서 피아노를 밀며 들고 가던 아저씨들은 힘들어서 안 되겠다고 중간에 쉬어 가자고 했다.

진땀을 흘리는 장정들은 냉장고나 장롱은 댈 것이 아니라고, 태어나서 이렇게 무거운 건 처음 들어본다며 혀를 내둘렀다. 나는 피아노 다리가 시멘트 계단에 닿아 흠집이 생길까 봐 안절부절못하면서도 거대한 피아노 주인의 위엄을 담아 아저씨들을 독려했다.

"아저씨, 조금만 더 가면 돼요, 조금만요."

인지상정으로 손을 보태기는 했지만 그들의 눈빛엔 어울리지도 않는 짓거리를 벌였다는 나무람이 가득했다.

"미진이 니가 피아니스트가 되기는 되나 보다. 너그 아빠가 이렇게 비싼 걸 사준 걸 보면."

사람들은 끌끌 혀를 찼고 서로 수군거렸다. 이게 당키나 한 일이냐, 돈이 썩었냐, 하는 소리가 흘러나왔다. 여하튼 피아노는 큰 마당과 중간 마당을 지나 동네 개 찰스가 있는 골목으로 들어왔고 마침내 우리 집 앞에 멈춰 섰다. 문제는 예기치 못하는 순간 벌어졌다.

"이거 안 들어가겠는데요, 형님. 들어가도 안에서 방문 쪽으로 회전을 못 혀요."

돈만 있으면, 마침내 돈이 생기면 피아노를 가질 줄 알았는데, 산 너머에는 분명 산이 있었다.

"문을 부숴야 해. 암만, 택도 없지."

재민 아빠는 문을 떼고 벽을 한 뼘 정도만 허물면 된다고 했다.

"내가 이럴 줄 알았어. 무슨 피아노야, 시집갈 계집애한테. 이게 사치라는 거지. 넘의 자식 한다고 다 따라 하남."

"맞아, 뱁새가 황새 따라가다 가랑이 찢어진다니까. 다들 지 형편에 맞게 살아야지."

피아노를 구경하러 나온 동네 사람들 모두 한마디씩 했다. 엄마는 등 뒤에서 들려오는 질투 반 질시 반의 웅성거림을 들으며 문제를 해결하기 위해 신경을 곤두세웠다. 아빠를 설득해서 피아노를 들여놓기로 한 엄마는 아마 온몸에 식은땀을 쏟았을 것이고, 동네 사람들의 질투와 질시를 어떻게든 서둘러 격파해야 했을 것이다.

어떤 방식으로 피아노가 집 안에 들어갔는지 정확히 기억나지는 않는다. 대문을 떼고 안방 문틀까지 들어낸 것 같기도 하다. 마법처럼 한밤중이 되어 자리를 잡은 검은색 피아노는 안방 창문을 반이 넘게 가려 그날 이후 우리는 낮에도 전깃불을 켜야 했고, 요 두 개를 깔고 온 식구가 함께 자던 방은 요 한 개만 간신히 깔 수 있는 좁은 공간으로 변했다. 언니와 나는 창고로 쓰던 작은방으로 옮겨 가야 했다. 종일 가슴을 졸이고 땀에 온몸이 전 우리 가족은 늦은 밤 지친 잠에 빠졌다.

피아노가 생기고 난 다음 날, 아빠는《세광 동요 1200곡집》이라는 책을 사 왔다. 엄마의 성경책과 찬송가를 합친 것보다 더 두꺼웠다. 아빠가 신청한 가곡 〈그 집 앞〉을 연주하기 위해 피아노 앞에 앉은 나는 어쩔 줄 몰랐다.

"아빠, 피아노는 미리 연습하는 거야. 오른손 따로 왼손 따로 연습하고 다시 양손 연습하고. 잘 치는 사람들도 다

그렇게 해."

"그래? 그럼 천천히 연습해봐."

문을 닫고 한 마디씩 연습했지만 잘 되지 않았다. 똑같은 지점에서 반복해서 틀렸고 덜거덕거리며 불협화음을 만들었다. 집 밖에서 귀를 쫑긋 세우고 듣고 있을 동네 사람들이 떠오르자 얼굴이 상기되고 손에서 땀이 났다. '미진이 솜씨가 영 별로네? 난 뭐 대단한 줄 알았지' 하고 수군대는 소리가 들리는 듯했다. 화려한 연주를 기대했던 사람들이 기다리다 지쳐 하나둘 자리를 떴고 마침내 아무도 남지 않게 되었다. 아쉬움에 좀 더 쉬운 동요 악보를 건네던 아빠마저 포기했는지 그 후로 아무도 내게 피아노를 쳐보라고 말하지 않았다.

종이 피아노 위에서는 그렇게 끓어오르던 예술혼이 진짜 피아노 앞에서는 세상 부끄러운 아기 고양이처럼 숨을 죽였다. 움츠러든 마음과 손가락은 상상처럼 풀리지 않았다. 피아노는 무게만큼이나 부담이고 짐이었다. 가지지 못했을 때 펼친 무한한 상상은 오랜 숙련과 고도의 기술을 필요로 했다. 엄마가 말한 기술이 피아노에도 해당되었다. 아름다운 음악을 예술이 아닌 기술로 표현한 엄마의 말이 영

틀린 것은 아니었다. 예술로 가는 길목에는 분명 어느 만큼의 지루한 훈련이 요구되었다. 주목받는 예술을 하고 싶었건만 성실하게 묵묵히 지나가야 할 기술의 터널에서 나의 자투리만 한 인내는 그릇을 드러냈고, 나는 곧 과욕을 후회했다. 나를 지켜보며 수군거리던 사람들을 탓한 건 그저 핑계였는지도 모른다.

선택의 문제

어릴 적 국민학교('초등학교'의 전 용어) 입학식 때 찍은 사진에는 웃음기라고는 찾아볼 수 없다. 강렬한 태양과 한바탕 눈싸움을 하고 있는 건지, 갈매기 날개 같은 양쪽 눈썹을 위로 치켜뜨고 콧등은 찡그리고 입술을 툭 내밀고 있다. 한참을 보고 있자니 그날 그곳에서의 감정이 슬그머니 떠올랐다. 그건 시각도 청각도 아닌 촉감이었다. 겨울의 황량함, 봄의 배신, 그리고 낯선 세계로의 진입을 앞둔 서

늘함 따위.

국민학교 입학식은 3월 3일, 아니면 4일이거나 5일 중 하루였을 것이다. 터무니없이 춥기만 한 입학식을 앞두고 엄마는 내게 맨드라미를 닮은 자주색 원피스를 사주었다. 옷걸이에 걸린 새 옷을 바라보며 설레는 마음으로 그날만 기다렸다. 언니에게 물려받은 옷이 아닌, 나를 위해 장만한 새 옷을 입고 새 가방을 메고 학교에 갈 예정이었다. 회색 담으로 둘러싸인 학교는 조금 두려웠지만 경험하지 못한 세계에 대한 호기심으로 나는 매일 밤 기대와 희망을 덧뿌리고 있었다. 그러나 세상으로 나가는 첫걸음부터 나는 예상하지 못한 벽에 부딪히고 말았다. 날씨가 추우니 바지를 입으라는 엄마의 주문이었다. 단호했다. 그렇게 하지 않으면 감기에 걸려 후회할 거라며. 하지만 아무리 봐도 자주색 원피스는 날렵한 스타킹과 구두에 입어야 마땅했다.

바지를 입으라니, 그건 원피스를 입지 말라는 말인가. 입학식에 입으려고 산 원피스를 입학식 날 입지 않으면 무슨 의미가 있을까. 오랜 기다림과 기대가 무너지는 일이었다. 혹시 원피스에 통이 넓은 바지를 입으라는 말인가. 그건 부조화이며 충돌이고 모순이었다. 저고리에 청바지, 드레스에 야구 모자만큼이나 말이 안 되는 조합이었다.

입학식을 앞두고 치열하게 고민했다. 그러나 엄마는 단호했고 나는 반박할 말을 찾지 못했다. 결국 맨드라미색 원피스에 두꺼운 골덴 바지를 입고 학교에 갔다. 상의와 하의는 동시에 들려오는 다른 나라의 언어처럼 서로 튕겼다. 추위에 오들오들 떨더라도, 감기에 걸리더라도, 폐렴으로 앓아눕더라도 그렇게 입어서는 안 되는 거였다. 배수지 큰 마당 앞, 초등학교 입학을 기념해 앞집 친구 민희와 찍은 사진 속 나는 웃지 않았다. 황망하니 길을 잃은 표정이었다.

다자이 오사무의 《인간 실격》에 나오는 사진 속 요조는 머리를 삼십 도쯤 갸우뚱 기울이고 보기 흉하게 웃고 있다.

> 남이 준 것은 아무리 제 취향에 맞지 않아도 거절하지 못했습니다. 싫은 것을 싫다고 하지 못하고, 또 좋아하는 것도 뭔가를 훔치듯이 쭈뼛쭈뼛 전혀 즐기지 못하고, 그러고는 표현할 길 없는 공포에 몸부림쳤습니다.
>
> —다자이 오사무, 《인간 실격》

요조는 가짜로 웃었다. 싫은 걸 싫다고 말할 수 없고 좋은 걸 즐기지 못하는 자신을 몹시도 싫어했다. 내가 요조처럼 가짜로 웃은 건 아니지만 내면의 소용돌이와 무관하게 나 역시 엄마의 뜻에 따랐다.

▲▲▲

언젠가 아랫마을 초록 대문에 한 아이가 이사를 왔다. 우리 동네 아이들과는 다르게 생긴 여자아이였다. 그 집에 사는 선희와 나는 금방 친구가 되었다. 선희네는 이층집이었는데, 그 집 대문을 열고 들어가면 늘 따뜻한 느낌이 들었다. 동남아를 여행하는 듯, 한겨울에 식물원 안으로 들어간 듯, 늦은 봄이나 초여름 같았다. 바깥세상은 처마마다 고드름이 달려 있고 입에서는 몽글몽글 입김이 나오는데 선희네 집만 봄이었다. 선희 방은 아랫목 윗목 따로 없이 고루 따뜻해서 학교를 마치고 집으로 가는 길에 방앗간을 지나는 참새처럼 늘 초록 대문 앞에서 선희를 불렀다.

"선희야, 놀자."

안방에는 나이가 지긋해 보이는 선희 아빠와 젊고 고운 선희 엄마가 있었고, 부엌에서는 그보다 더 젊은 여자가 고소한 냄새를 풍기며 요리를 했다.

"누구야?"

부엌에서 일하는 여자를 보며 선희에게 물었다. 친언니라고 하기에는 나이 차이가 너무 많이 나 보였기 때문이다.

"우리 집 식모야."

익히 알았던 단어이고 사장님이 나오는 연속극에서 본 적 있는 역할이었지만 실제로 보고 들은 건 처음이었다. 선희가 진짜 부잣집 딸로 보이는 순간이었다. 그 식모라는 여자가 해준 음식을 먹고 한참을 놀다 심심해진 선희와 나는 이층으로 올라갔다. 바깥에 달팽이 모양으로 달린 철제 계단을 타고 올라가면 한 가족이 살기에도 충분한 방과 부엌, 화장실이 있었지만 아무도 살지 않아 텅 비어 있었다. 이층 난간에서 아래층을 내려다보면 하늘을 담은 중정으로 정갈한 마당과 니스칠이 잘된 마루가 보였다. 회랑을 빙빙 돌며 뛰어놀고 빈방의 이곳저곳에 숨으며 술래잡기를 했다.

이윽고 심심해진 선희와 나는 빈방에 들어가 스케치북을 펼치고 그림을 그렸다. 정성들여 그림을 그린 뒤 은은하게 바탕색을 칠할 시간이 되었다. 선희가 먼저 노란색을 골랐다. 그림을 돋보이게 하는 가장 적당한 색이었다. 나도 노란색을 칠할 생각이었다. 만약 선희가 왜 따라 하냐고 묻는다면, 처음부터 노란색으로 칠하려고 했다거나 그림이 다른데 그깟 바탕색이 무슨 대수냐고 받아칠 생각이었다. 하지만 크레파스 위에서 갈 곳을 잃고 머뭇거리던 손이 그만 노란색이 아니라 분홍색 크레파스 쪽으로 갔다.

손님으로서 집주인에 대한 예의가 아니라고 생각했던 걸까. 선희의 기분을 상하게 하고 싶지 않았던 걸까. 이층집에 사는 부잣집 딸 선희에게 기가 눌린 걸까. 따라 하고 싶지 않은 자존심 혹은 차선을 선택해도 더 잘할 수 있다는 오기였을까. 나는 마음에 들지 않는 그림을 보며 우울해졌고 씁쓸한 패배감에 휩싸여 서둘러 선희네 집을 나왔다.

그 후로 나는 참새처럼 드나들던 선희네 집 초인종을 더 이상 누르지 않았고 선희 이름을 큰 소리로 부르지도 않았다. 시간이 얼마나 지났을까. 다른 아이에게서 선희가 압구정동 은마아파트로 이사 갔다는 소식을 전해 들었다.

낯선 동네로 이사 와서 친구 하나 없이 외로웠던 선희에게 나는 유일한 친구였다. 동네 토박이인 나는 쉴 새 없이 수다를 떨고 우스운 이야기를 꾸며대며 선희를 웃겼다. 선희는 나와 노는 내내 배꼽을 잡았다. 그날 선희는 내게 어떤 선택도 강요하지 않았다. 괜한 자격지심에 갖고 싶은 것을 선택하지 못하고 마음이 상해 그 집을 박차고 나온 셈이었다. 식모가 있는 집, 선희 엄마와 선희 아빠가 화투를 치며 호호 웃는 집, 동남아의 섬처럼 따뜻한 선희네 집에서 나는 제자리를 찾지 못했다. 어쩌면 북극같이 추운 우리 집, 그럼에도 밥 냄새가 다디단 우리 집, 내가 대장이 되어 내 마음대로 할 수 있는 우리 집에 가고 싶었던 것일지도 모르겠다.

삶은 선택의 연속이었다. 짜장면과 짬뽕의 고민을 해결한 짬짜면이, 프라이드와 양념 치킨의 고민을 해결한 양념 반 프라이드 반이 문제를 해결해주지 않았다.

대학교 1학년 때 반포에 있는 뉴코아백화점 침대 코너에서 아르바이트를 했다. 하루 종일 서서 고객을 응대하며 조금의 흔들림도 없는 매트리스를 자랑하고 견고한 침대 상판을 선보였다. 퀸사이즈 매트리스는 내게 너무 무거워서 힘을 잔뜩 주고 들어 올려야 손님들이 침대 상판을 눈으로 확인할 수 있었다. 오후가 되면 허리는 아프고 다리는 퉁퉁 부었다.

지하철 안에서의 유일한 바람은 의자에 앉는 것이었다. 운이 좋아 자리를 잡은 날이면 나도 모르게 흐르는 신음을 안으로 삼키며 몸을 구부렸다. 그러나 그 순간에도 선택의 시간은 어김없이 다가왔다. 한눈에 봐도 나이 지긋한 어르신이 허리를 굽히고 내 앞으로 걸어오고 있는 것이다. 일어설까. 못 본 척 눈을 감아버릴까. 설까, 말까. 고민은 짧았고, 그럴 때마다 나는 이내 천근 같은 다리에 힘을 주고 일어나 차가운 쇠기둥에 몸을 기댔다. 앉아 있어 봐야 어차피 마음 편히 쉴 수 없을 것이었다.

지금도 선택의 순간이면 나는 치마와 바지 사이의 갈등을 떠올린다. 한겨울에 반팔을 입든 한여름에 패딩을 입든, 치마 위에 바지를 입든 바지 위에 또 바지를 입든, 그게 무엇이든 자유롭게 선택해야 하지 않을까. 자유의 깃발을 펄럭이며 이토록 오래 그날의 기억을 마음속에 담고 있는 뒤끝 있는 나를 보며 진짜로 웃는다.

슬픈 딜리버리

산꼭대기 마을에 몽글몽글 만두 찌는 냄새가 진동했다. 아빠는 다리미 방망이에 밀가루를 고루 묻혀가며 동글동글 만두피를 만들고, 엄마는 어제 만들어놓은 만두소를 더 야무지게 다독이며 간을 맞췄다. 덩달아 바빠진 나는 소맷부리를 거두며 '준비 완료'를 외쳤다. 온 가족이 만두를 빚을 만반의 준비가 끝났다.

우리는 안방 한가운데 신문지를 깔고 둥글게 둘러앉아

만두를 빚었다. 대략 한 접시가 만들어졌을까. 엄마는 집에서 제일 큰 냄비 위에 구멍 숭숭 뚫린 채반을 올리고 하얀 면 보자기를 펼친 뒤 그 위에 조심스레 만두를 놓고 뚜껑을 덮었다.

만두가 익어갔다.

냄새가 퍼졌다.

다 익었다.

호호 뜨거운 김을 식혀가며 맛을 봤다.

"진짜 맛있다."

"역시 우리 집 만두가 최고야."

맛보기가 끝나면 본격적인 만두 빚기에 돌입했다. 아빠는 리듬에 맞추어 다리미 방망이를 굴리고 언니와 나는 예쁘게 만두를 빚었다. 드디어 첫 판이 완성되었다.

"이거 앞집 민희네 갖다주고 와."

"응, 알았어."

그 후 한 접시 양이 찰 때쯤 엄마가 다시 나를 불렀다.

"이건 태우네 갖다줘. 점심시간 됐으니 빨리 가."

엄마의 심부름은 계속되었다.

"장독대 할머니 댁 갖다드려. 할머니 아프시대. 어서."

나는 만두가 쏟아질까 조심조심 접시를 들었다. 두 다리는 종종걸음을 쳤다. 똑똑 문을 두드렸다.

“할머니, 엄마가 이거 잡수시래요.”

“어머, 여기까지 이걸 들고 왔네. 잘 먹으마. 출출하던 차에 잘됐다.”

도대체 얼마나 더 줘야 하는 거야? 난 아직 제대로 맛도 보지 못했는데! 두 눈이 옆으로 찢어지고 입술은 저만큼 튀어나와 누가 건드리면 금방이라도 터질 듯 화가 났다.

“나눠주는 게 좋은 거야. 너 먹을 것 충분히 있으니 걱정하지 말고 갔다 와. 착하지?”

겨울밤은 빨리도 찾아왔다.

빨간 꽃 노란 꽃 꽃밭 가득 피어도, 하얀 나비 꽃 나비 담장 위에 날아도, 따스한 봄바람이 불고 또 불어도……. 우리 만두 공장도 문 닫을 시간이 다 된 듯 막바지에 이르렀다. 커다란 양푼에 수북이 쌓였던 만두소가 드디어 텅 비었다. 마지막 집 차례가 왔다. 쾅쾅쾅!

“아줌마, 엄마가 이거 잡수시래요.”

“어머……. 뭘 이런 걸. 우리야 고맙지만, 밤늦게까지 고생이 많네.”

아무 소리도 들리지 않았다. 돌아서는데 참고 참았던 눈물이 흘렀다. 이내 목구멍에서 꺼이꺼이 서러움이 새어 나왔다. 휑하게 얼마 남지 않은 우리 집 만두를 생각하며 우는 걸까? 하루 종일 놀지 못해 억울한 걸까?

열한 번째 집에 만두를 전해주고 오는 길, 밤하늘은 참 슬펐다. 아마 엄마는 나 몰래 교회 목사님과 할머니, 고모, 이모에게 줄 만두는 따로 챙겨두었을 터였다. 종일 온 가족이 빚은 만두가 얼마나 남았는지는 안 보는 편이 나았다.

열두 집이 옹기종기 모여 사는, 하늘과 가까운 그곳에서 그때 나는 왜 밤하늘을 바라보며 그렇게 슬피 울었을까? 그곳에 모여 살던 동네 사람들은 우리 집을 시작으로 하나 둘 흩어졌다. 그들은 아내를 하늘나라로 떠나보내고 혼자 남은 아빠를 지금껏 잊지 않고 기억한다. 태우 엄마는 직접 담근 김치를 철마다 챙기고, 민희 엄마는 밑반찬을 갖다준다. 여수로 이사 간 재민이 엄마는 때마다 생선과 건어물을 택배로 보낸다. 부끄럽게도 시집간 딸들보다 더 자주 아빠의 안부를 묻고 살핀다. 남들에게 주기만 하는 며느리가 못마땅해 귀한 아들 등골 빼먹는다고, 살림살이 헤프다고 구박하던 할머니와 자기 먹을 것 없다고 질질 짜던 딸의 틈바

구니에서 엄마는 얼마나 힘들었을까.

흉을 보면서 닮는 걸까? 세월이 흘러 나도 동네에서 제법 잘 퍼주는 아줌마로 소문이 났다. 먼저 나눠주고 먹어야 한 조각을 먹어도 마음이 편하다. 엄마의 넉넉한 품과는 비교할 수 없겠지만.

뒹구는 고양이

그렇게 파란 하늘이 있었던가. 우이동 놀이동산의 청룡열차 위에서 멈춘 몇 초간의 정적은 그야말로 신세계였다. 성난 청룡은 덜커덩 쇳소리를 내며 기다란 몸을 휘젓고, 그 안에 갇혀 차가운 바람을 정면으로 맞는 나는 신이 나서 비명을 질러댔다. 그런데 이게 웬 변덕일까. 갑자기 코끝이 시리고 눈앞이 뿌옇게 흐려지더니 눈물이 뜨겁게 올라왔다. 부끄러워서 흐르는 눈물을 팔등으로 연신 닦았다. “미진이 무섭구나. 겁쟁이네"라고 놀릴 친구들 생각에 차라리 안도하면서.

갑자기 엄마가 생각났다. 늦가을 이토록 눈부신 하늘을 엄마는 본 적이 있을까. 상상할 수 없이 신기한 놀이기구를 엄마는 타본 적이 있을까. 마음껏 소리쳐본 적은? 집으로 돌아가는 길, 가방 속에 든 빈 도시락 통이 달그락거리는 소리를 들으며 다음에는 엄마와 꼭 함께 와야지 다짐했다.

엄마는 평생 달라질 것 없는 형편에서 벗어나고 싶었다. 아니, 벗어나게 하고 싶었다. 마음 편히 눈을 감을 수 있게 당신 살아생전 기대할 것 없는 삶에 물꼬를 터야 했다. 자식을 번듯이 키우고 반듯한 내 집을 장만하겠다는 장기 목표도, 일 년 치 목표도, 한 달짜리 목표도 있었다.

더 이상 일하러 나갈 수 없을 정도로 몸이 쇠약해진 엄마는 집안 살림에 집중했다. 이불에 풀을 먹여 다듬이질을 하고, 옷을 지어 입히고, 양잿물로 비누를 만들고, 냄비를 광이 나게 닦고, 도토리를 주워 묵을 쑤고, 완두콩과 팥을 넣은 풀빵을 만들어 자식들 입에 넣어주고, 골목 어귀까지 싸리 빗자루 결을 살려 비질을 했다. 나는 노상 힘들어하면서도 억척스레 일하는 엄마를 이해할 수 없어 화내기 일쑤였다. 누가 그깟 풀빵 먹고 싶다고 했냐고, 왜 남의 집 앞까지 비질을 하냐고, 무슨 억하심정이냐고, 오늘 밤 아프다고 끙끙대기만 해보라며 심통을 부렸다.

학교 수업을 마치고 집으로 가는 길, 해가 휙 몸을 숨겨 하늘이 어두워지면 심장이 불현듯 두근거렸다. 엄마가 죽은 건 아니겠지. 쓰러진 건 아니겠지. 불길한 기운이 엄습했다. 큰 구름이 지나가는 것뿐이었지만 마음이 놓이지 않았다. 문을 열고 달려가 댓돌 위에 놓인 엄마 신발을 보면 심장은 더 크게 요동했다. 숨을 참고 방문을 열었다. 엄마는 무사했다.

국민학교 1학년 학부모 초청 잔치를 앞두고 반 아이들이 도화지에 엄마 얼굴을 그렸다. 교실 뒤편에 평범한 아이의 그림이 걸리기는 쉽지 않았다. 치맛바람이 펄럭이고 선생님들은 흔들렸다. 반 아이들 모두의 그림이 공평하게 걸린 날, 나는 내 그림을 멀리서 바라봤다. 아이들의 엄마는 모두 웃고 있는데 우리 엄마만 달랐다. 앙상한 마네킹처럼 마르고 지친 모습이었다. 내가 왜 그랬을까. 내 그림 옆에 걸린 창희 엄마의 얼굴은 참 예뻤다. 입이 양쪽 귀에 닿을 듯 활짝 웃는 모습이었다. 엄마 얼굴을 도저히 볼 수 없을 것 같았다. 우리 엄마도 예쁜데, 나만 보면 웃는데, 왜 엄마를 밉게 그렸을까. 후회했지만 돌이킬 수 없었다. 그런 일이 가능하다면, 엄마가 점점 작아져 사라질지도 모른다는 두려움과 엄마에 대한 애달픈 사랑을 간직한 여덟 살 꼬마의 꿈에 나타나 어깨를 토닥이며 속삭여주고 싶다.

'애야, 걱정하지 마. 엄마는 죽지 않아. 네가 어른이 되어 결혼을 하고 아이를 낳고 그 아이들이 초등학교에 들어갈 때까지 엄마는 네 옆에 계실 거야. 그러니 마음 푹 놓으렴.'

병약했던 엄마는 생을 마감하듯 하루를 살았다. 병원 검진을 받기 한참 전부터 김장을 하듯 종류별로 김치를 담그고, 아빠의 와이셔츠를 칼처럼 다려 옷장 가득 걸어놓고, 간수를 뺀 소금을 몇 년은 먹고도 남게 볶아서 소분해놓고, 각종 요리법과 적금 만기일, 통장 비밀번호를 농협 가계부에 적어놓았다. 한번 병원에 들어가면 다시 나오지 못할 수 있음을 늘 염두에 두었다. 어린 자식을 두고 떠날까 봐 두려웠던 엄마는 그렇게 살얼음을 걷듯 예순두 해를 살았다. 선물처럼 주어진 새 아침이 감사해 동네 마당을 그리 정성들여 쓸고, 당신이 떠나고 나면 덩그러니 남을 남편과 자식을 한 번이라도 더 들여다봐달라고 동네 사람들에게 그리 음식을 해다 바쳤을 것이다. 나 먹을 거 왜 다 남 주냐고 질질 짜던 철없는 딸이 그때 엄마의 마음을 어찌 헤아릴 수 있었을까.

그냥 산 하루, 허투루 산 하루가 없는 엄마. 푹 고아진 갱엿처럼 진한 엄마의 하루하루 덕분에 스무 해가 지난 지금까지도 엄마의 존재가 느껴진다. 늘 젖어 있던 엄마의 축축한 손이 어제의 일인 듯 생생히 만져진다. 봄날의 햇볕에 뒹구는 고양이처럼 나는 엄마의 미소에 얼굴을 비빈다.

타이거 소년의 팬티

누군가 내게 "당신의 인생 책이 무엇입니까?"라고 물어올 때 나는 그 사람의 첫 동화책이 궁금해진다. 마음을 설레게 하고 심 봉사가 눈을 뜨듯 개안의 희열을 맛보게 한 책이 알고 싶다.

우리 집에 동화책이, 그것도 묵직한 전집으로 들어오던 날 기대에 한껏 부풀어 펼쳐 든 책은 처음부터 끝까지 한쪽은 정글과 소년, 다른 한쪽은 빽빽하게 들어찬 글씨로 가득

해 지루하기 짝이 없었다. 색연필을 들어 휑한 정글과 소년의 흑백 호피 무늬 팬티에 색을 칠하고 싶은 강렬한 유혹을 느꼈지만, 어렵게 구했으니 아껴 보라고 말하는 아빠에게 혼날까 봐 꾹 참았다.

2교대 근무를 하는 아빠는 틈나는 대로 아크릴 간판을 만들었다. 새로운 가게에 간판을 달러 갈 때마다 이전 주인이 미처 버리지 못하고 간 쓰레기 더미에서 이것저것을 주워 왔다. 엄마는 그렇지 않아도 좁은 집에 물건이 쌓이는 걸 끔찍이 싫어했지만 아이들이 읽을 책이라니 내심 반겼을지도 몰랐다. 어쨌든 그렇게 해서 이전 주인의 손때조차 묻지 않은 거의 새 책으로《타이거 소년》이 내 손에 들어온 것이다.

그러나 아기였을 때부터 정글에 버려졌는지, 아니면 그냥 길을 잃었는지 모를 삐죽 머리 소년이 호랑이 가죽으로 아랫도리 중요 부분만 가린 채 정글을 누비며 용감하게 싸우는 장면이 반복되는 책은 첫 동화책에 대한 아쉬움만 남겼다. 한편으로《인어공주》《백설공주》《신데렐라》《잠자는 숲속의 공주》《엄지공주》에 대한 갈증과 궁금증은 더해만 갔다. 텔레비전 만화나 친구 집에 놀러 가 잠깐씩 빌려

본 책의 파편을 조각조각 맞추며 나는 멋진 왕자를 만나는 공주를 응원했고, 친구들 앞에서 짐짓 아는 척도 했다.

그런 내게 세상에서 제일 신나는 날이자 운 좋으면 수입 과자도 먹을 수 있는 날은 바로 교회 가는 날이었다. 주일 학교 선생님이 고국으로 돌아가신 선교사님 사택에서 성경 공부를 하자고 했다. 뾰족한 지붕에 빨간 벽돌로 지어진 삼 층 건물이었다. 장미 넝쿨이 뒤덮인 철제 계단을 올라가 사자 얼굴 모양을 한 문고리를 열자 영화에서나 보던 붉은 벽난로가 우리를 맞이했다. 그 옆에는 마치 짝인 것처럼 푹신한 벨벳 소파도 있었다.

현관문으로 들어서는 순간, 시끄럽던 아이들의 수다와 소란이 한여름 날의 얼음조각처럼 재빠르게 사라졌다. 낯선 긴장감이 장난기 많은 아이들의 얼굴에 감돌았다. 모두 점잖은 척 서재 가운데 놓인 긴 테이블 앞에 앉았다. 압도당한 마음을 숨기고 새삼 얌전히 공과 공부를 했다. 마법 주문이 적혀 있을 것만 같은 책들이 꽂혀 있는 책장에는 금박이 둘러진 동화책들이 반짝였다. 그날따라 길게만 느껴지는 기도를 마친 선생님은 우리에게 그곳에 있는 책을 마음껏 읽어도 된다고 했다. 온갖 주문에도 열리지 않던《알

리바바와 40인의 도둑》에 나오는 동굴 문이 열리는 순간이었다. 그중에서 내 마음을 단박에 훔친 건 펼쳐도 펼쳐도 또 펴지는 입체북이었다. 첫 페이지를 넘기면 얼굴이, 다음 장을 넘기면 몸이, 그다음엔 다리가, 다시 책 한 권이 다 펼쳐졌다. 마침내 눈앞에 나타난 건 바로 소인국에 누워 있는 걸리버였다. 세상에 이런 책이 다 있다니. 가슴이 뭉클해지며 눈시울이 뜨거워졌다. 일요일이 되기를 바라며 한 주를 보내고, 길고 긴 전도사님의 설교를 버티고, 입술을 벙긋거리며 찬양했다. 그리고 오늘도 선교사님 사택에 가기를 간절히 기도했다.

가끔은 기도가 이루어졌고 가끔은 다른 반에 양보해야 했다. 기도가 이루어진 어느 날, 나는 《노아의 방주》를 봤다. 왼쪽에서 오른쪽으로, 아래에서 위로, 위에서 아래로 책이 펼쳐졌다. 세상에서 가장 큰 배가 바다에 둥둥 떠다녔다. 엄지손톱만 한 창문을 열면 동물 암수 한 쌍이 제 소리를 내며 튀어나와 인사했다. 가슴이 차올라 침을 꿀꺽 삼켰다. 만화 성경 이야기와 몇 권의 팝업북이 전부였지만 내겐 마른 땅에 뿌려진 단비처럼 달고 시원했다.

시간이 흘러 행정 오류인 게 분명해 보이는 학교로 배정을 받았다. 걸어서 한 시간 정도 되는 거리였다. 버스를 타면 통학 시간은 좀 줄었지만 정류장도 멀고 어쩌다 오는 만원 버스에 마른오징어처럼 매달려 다니는 게 싫어 줄곧 걸어 다녔다.

이른 아침 한참을 걷다 보면 학교가 보였다. 가는 길은 멀었지만 보상이라도 주는 것처럼 그 이후에는 꽃길이 펼쳐졌다. 덕수궁을 둘러싼 개나리 가득한 돌담길도, 교정의 수선화 핀 길도, 책벌레 친구와 점심시간마다 잰걸음으로 도서관을 향해 가는 길도 모두 꽃길이었다.

도서관 문을 열면 먼지를 진득하게 머금은 책에서 오래 묵은 종이 냄새가 났다. 도서 대출증을 만들고 책을 고르고 대출증에 사서 선생님이 찍어주는 도장을 받을 때마다 나는 조금씩 자랐고 뿌연 시야는 시나브로 맑아졌다.

학교 수업을 마친 뒤에는 엎어지면 코 닿을 거리에 있는 광화문 교보문고에 갔다. 지하 출입문을 밀고 들어서면 오직 그곳에서만 맡을 수 있는 독특한 향이 훅 밀려왔다. 낮선 나라에 막 도착한 여행객이 느끼는 공간 이동의 감각이었다.

> 저녁이 되면 나는 집에 돌아가 서재에 들어간다. 문간에서 낮에 일하면서 먼지를 뒤집어쓰고 땀에 젖은 옷을 벗고, 궁전복으로 갈아입는다. 그 장중한 옷을 입고 나는 옛 현인들을 배알한다. 그들은 나를 반갑게 맞아준다. 그곳에서 나는 나만을 위해 차려진 음식을 맛본다. 그리고 그들에게 대담하게 말을 걸어 그들이 특정한 방식으로 행동한 이유에 대해 묻는다. 그러면 그들은 친절하게 내게 대답해준다.
>
> —알베르토 망겔, 《밤의 도서관》

집에 있는 나만의 서재도 아니고, 먼지 묻고 땀에 젖은 교복 그대로이지만 책들은 나의 은밀한 질문에 변함없이 답했다. 잔잔하게 흐르는 음악은 읽는 이를 방해하지 않았고, 발끝에서 느껴지는 카펫의 부드러움은 오래 서서 읽어도 몸을 덜 피곤하게 했고, 이용객 서로에 대한 무심함은 이곳에 나를 부담 없이 머물다 가게 했다. 학생들도, 회사에 다니는 직장인들도, 근처 파고다공원에서 온 어르신들도 서점 여기저기에서 책을 읽었다.

이곳은 내게 이광수의 《무정》, 펄 벅의 《대지》, 헤르만 헤세의 《데미안》과 《지와 사랑》, 윌리엄 골딩의 《파리대왕》을 선물해주었다.

가난한 집 딸이 별안간 부잣집 딸이 된 듯, 평범한 내가 그럴듯한 내가 된 듯 뿌듯했다. 집으로 돌아가는 길, 하늘도 달도 조용히 나를 따라왔다. 이 충만함이 깨질까 봐 말수도 줄였다.

'뜻이 있는 곳에 길이 있다'라는 속담은 맞았다. 마음속에 간절히 뜻을 품고 꿈을 키우니 어느새 길이 열리고 필요가 채워졌다. 굴러다니는 책 하나 없는 가난한 집에서 자란 내게 하늘에서 박이 터져 금은보화가 떨어지듯 후드득 책이 떨어졌다.

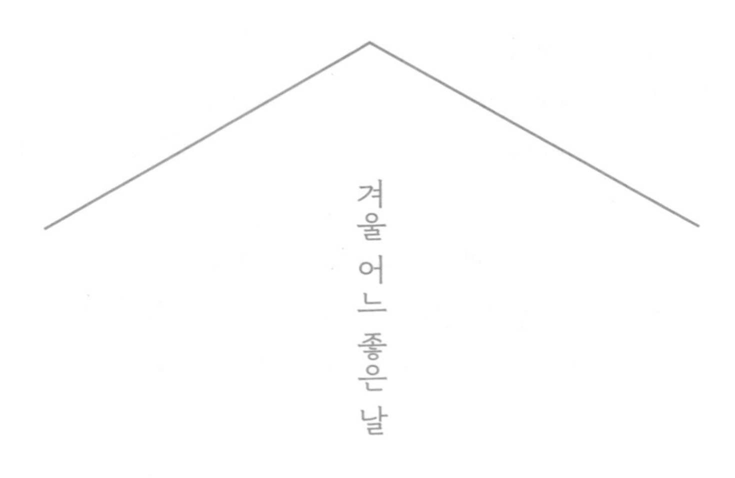

겨울 어느 좋은 날

북쪽에서 불어오는 바람이 심상치 않을 즈음이면 엄마의 손길은 바빠졌다. 무심코 무치고 끓여 먹던 푸성귀가 귀해질 때, 사람 사는 일에 돈이 많이 들 때, 돈이 없으면 서러워질 때를 대비해야 했다. 무방비로 겨울을 맞이하는 사람에게 봄은 쉬이 오지 않았다. 준비한 사람만이 추운 겨울을 여유 있게 보내고, 삐죽거리며 얄밉게 모습을 드러내는 봄을 웃으며 맞이할 수 있는 것이다.

우리 동네 열두 가족은 약속이나 한 듯 연탄을 들였다. 연탄을 실은 삼륜 트럭이 배수지 입구까지 오면 남자들은 등지게에 연탄을 싣고 경사진 계단을 올랐다. 동네 사람들은 집에 있는 쇠통을 들고 마을 입구에 서 있는 구루마까지 연탄을 실어 날랐다. 공동 작업이었다. 누구네 집에 연탄 들어온다는 소식이 전해지면 모두 나가서 함께 연탄을 옮겼다. 광에 연탄이 내 키보다 훌쩍 높게 쌓이면 뿌듯했고 바닥에 떨어져 부서진 연탄 부스러기를 보면 범인을 색출하고 싶을 만큼 아까웠다.

집집마다 연탄을 쟁여놓으면 그다음은 김장이었다. 김장은 주부들에게는 커다란 부담이었지만 철없는 어린것들과 술 마실 건수를 찾는 남자들에게는 그야말로 신나는 날이었다. 평생 김치만 먹을 것처럼 엄청난 양의 배추가 곧 여러 개의 고무 대야를 가득 채웠고, 이 집 저 집에서 빌린 더 이상 클 수 없는 채반 위에 살포시 소금에 절인 하얗고 노란 배추가 차곡차곡 쌓였다. 적의 침략에 대비한 성처럼 높이 쌓인 배추는 밤새 물기를 빼며 다음 날 벌어질 전투를 기다렸다.

이윽고 아침이 오면 동네 아주머니들이 도마와 칼을 들

고 모였다. 무와 쑥갓, 미나리, 파를 썰고 고춧가루와 각종 젓갈을 들이부어 양념했다. 그러다 보면 주인장의 입맛은 어디로 가고 기 센 사공들이 배를 산으로 보내기 일쑤였다. 6·25전쟁은 난리도 아니었다. 정신을 바짝 차려 준비한 양념을 빠짐없이 넣고, 맛이 이러네 저러네 하는 말에 휘둘리지 않고 진두지휘해야 했다. 부지런히 속을 넣어 한 양푼씩 채운 김치는 남편들이 미리 파놓은 땅속 독에 차곡차곡 담겼다. 배가 부른 김칫독 위에 가마니를 두툼히 덮는 것도 잊지 않았다. 동치미 위에는 살얼음이 얇게 덮이고, 김치는 일정한 온도를 유지했다.

해가 넘어가고 어둑해지면 수육은 말랑하게 삶아지고 배춧국의 구수한 냄새가 작은 마을을 휩쓸어 모든 이들의 허기를 자극했다. 방마다 펼쳐진 상 앞에 한 자리 차지하고 앉아 배추된장국에 갓 지은 밥을 말고 굵은 깨가 수북한 김치 겉절이에 수육을 얹어 먹으면 그 집 안주인은 막걸리를 인심 좋게 내놓았다.

한바탕 김장이 끝나면 특별히 우리 집만의 이벤트가 더해졌다. 동태 말리기였다. 엄마와 아빠는 이른 새벽 노량진 수산시장에 가서 동태 몇 궤짝을 사 왔다. 꽁꽁 언 동태가 상온에서 어느 정도 녹으면 비늘과 지느러미를 떼고 내장을 깨끗이 제거했다. 이때 곤이나 알은 따로 잘 챙겨두었다가 나중에 필요할 때 얼큰하게 알탕을 끓였다.

잘 다듬어진 동태는 아빠가 구부려놓은 에스 자 모양 갈고리에 꿰여 우리 집 뒤편에 있는 철조망에 줄 맞춰 걸렸다. 우리 식구는 비바람과 눈보라를 몇 날 며칠 쏘이며 동태 널고 거두기를 반복했다. 칼바람이 비린내를 없애고 살포시 내린 하얀 눈은 생선의 뽀얀 살을 한층 부드럽게 했다. 꼬득꼬득 건조된 동태는 식감 좋은 겨울철 식량이 되었다. 동태 껍질을 벗겨 드러난 속살을 먹기 좋게 뜯어 기름에 볶다가 마늘과 간장을 넣고 졸여 먹기도 하고 고추장에 조물조물 무쳐 먹기도 했다. 껍질과 머리는 국물을 우릴 때 넣으면 깊은 맛을 냈다. 어디 하나 버릴 곳 없는 동태는 겨우내 식구들에게 필요한 단백질을 제공하며 우리의 뼈를 여물게 하고 살을 단단하게 했다.

거센 외풍으로 창문이 흔들리고 지붕이 들썩여 자려고 누우면 코끝이 시렸다. 배 속이 허전한 건지, 입이 심심한 건지, 언니와 나는 쉬이 잠들지 못했다. 그러면 엄마는 땅속에 묻은 김칫독에서 동치미를 퍼 와 뚝딱 동치미국수를 만들어주었다. 한기에 이를 부딪치고 몸을 부르르 떨면서도 젓가락질을 멈출 수 없는 맛이었다. 김치를 쓱쓱 썰어 참기름에 무친 김치국수도 만만치 않았다. 엄마의 요리를 게 눈 감추듯 후루룩 먹은 언니와 나는 솜이불을 비집고 뜨끈하게 데워진 구들장 위로 기어 들어갔다. 배는 부르고 등은 따뜻해 우리는 금세 잠이 들었다.

곧 크리스마스가 다가왔다. 나는 학교 앞 문구점을 순회하며 카드를 골랐다. 값비싼 팬시 카드는 따뜻한 매장 안쪽에, 단순한 모양의 값싼 카드는 매장 밖 진열대에 놓여 있었다. 신발 속 발가락을 둥글게 웅크리고 하얀 콧김과 입김을 품으며 세상에서 제일 예쁜 카드를 찾았다. 비슷해 보이지만 눈사람의 시커먼 숯검댕이 눈썹 각도가 다르고, 크리스마스트리의 별 모양이 다르고, 눈 덮인 논두렁에서 무언가를 쪼아 먹는 닭의 꼬리 방향이 달랐다. 디테일에 강해서 봉테일이라는 별명을 가진 봉준호 감독 못지않게 나도 사소한 것에 목숨을 걸었다. 매의 눈으로 쌓인 카드를 뒤지며 받을 사람의 얼굴을 떠올렸다. 사람마다 어울리는 카드는 따로 있는 법이니까. 걱정이 많고 소심한 친구에게는 저절로 호연지기가 솟구치고 기세가 드높아질 겸재 정선의 〈금강전도〉를 닮은 산수화를, 외로운 친구에게는 폭신한 솜으로 흰 수염 부분을 장식한 산타 카드를 선물했다.

주일학교 선생님은 나이가 지긋한 할머니였다. 예배를 마치면 반 아이들을 집으로 데려가서 떡볶이와 어묵탕을 만들어 배불리 먹이고 옛날이야기를 해주었다. 성경에 나오는 다윗과 골리앗의 싸움, 솔로몬의 지혜, 키가 작아 뽕나무에 올라간 삭개오 이야기, 《의좋은 형제》 같은 동화도 들려주었다. 우리는 배를 깔고 누워 선생님의 이야기를 들었다. 나는 그런 선생님에게 김홍도의 풍경화 한 폭을 닮은 카드를 준비했다. 동양화가 나이 든 사람에게 어울린다는 편견으로 고른 건 아니었다. 그림 속의 평화가 선생님과 어울린 탓이었다.

날카롭게 퍼런 아침, 골을 쪼갤 듯 세찬 바람에 숨을 쉬기도 쉽지 않았다. 들숨과 날숨 몇 번에 콧속은 이미 빽빽하게 굳었고 엄마가 떠준 목도리로 아무리 친친 감아도 상기된 볼은 붉은 불씨를 품고 오래 달구어진 석탄 난로처럼 바스락댔다. 한두 시간 지나면 성탄절 예배가 시작되고 모든 사람이 한데 모이는데, 굳이 이른 아침에 선생님을 만나러 집을 나섰다. 낯설었다. 아파트 관리실 아저씨가 "꼬마야, 너 어디 가니"라고 물으면 "우리 선생님이 이 아파트에 살아요"라고 눈을 부릅뜨고 대답할 작정이었다.

높은 담에 둘러싸인 북아현동 아파트의 정문을 통과했다. 남의 아파트에 허락이라도 받고 들어가야 하는 건 아닌지, 굳은 다짐과 달리 작은 키는 더 쪼그라들어 아예 땅에 닿을 지경이었다. 긴 복도를 지나 현관문 앞에 멈췄다. 이 문을 열어야 비로소 엄마를 만날 수 있는 〈엄마 찾아 삼만리〉의 마르코처럼 초인종을 눌렀다.

띵동. 문이 열리자 미리 약속이라도 한 듯 당당히 집 안으로 들어갔다. 얼굴도 입도 꽁꽁 얼어붙어 말이 나오지 않았다. 방에서 나갈 채비를 하던 선생님이 얼음처럼 차가운 나를 포근히 안아주었다.

"미진이가 여기까지 왔구나. 어서 와. 우리 같이 교회에 가자."

나는 꽁꽁 언 손으로 겉옷에서 카드를 꺼냈다. 정성껏 고른 카드가 담긴 하얀색 봉투에 붉은 피가 지저분하게 묻어 있었다. 당황해하는 나를 보고 선생님이 내 손을 번쩍 잡았다.

"아니, 미진이 손에 피가. 이리 와."

추위에 손등이 터져 피가 난 것이다. 선생님은 나를 데리고 방으로 가서 꽁꽁 언 손을 녹이고 연고를 발라주었다. 안티푸라민인지 호랑이 연고인지 모르겠지만 꽤 끈적하고 찐득했다.

"카드 봉투를 다 망쳐버렸어요."

"괜찮아. 이게 예수님의 피야. 사랑의 피. 카드 소중히 간직할게."

선생님의 말은 잘 이해할 수 없었지만 그래서 신뢰했고 못내 안도할 수 있었다.

사고 이후 깊고 오랜 수면 끝에 깨어난 사람처럼 나의 크리스마스는 뜬금없는 몇 개의 파편으로 남아 있다. 푸르스름한 겨울, 선생님 댁 철문, 검붉은 피가 묻은 하얀 봉투, 예수님의 피. 추운 겨울 문구점 앞에서 시린 발을 동그랗게 만 채 카드를 고르고, 인사말을 꾹꾹 눌러 쓰고, 다른 사람보다 먼저 고마움을 전하려 애쓴 겨울의 어느 날이었다.

PART 2

골목길 모퉁이에서

담장 너머 놀이터

드라마 〈이상한 변호사 우영우〉 9화에는 어린이 해방군 총사령관 방구뽕이 등장한다. 미성년자 약취 유인 혐의로 재판을 받는 그는 어린이는 지금 당장 놀아야 한다고 외쳤다. 불안이 가득한 삶 속에서 행복으로 가는 유일한 길을 찾기에는 시간이 없다는 것이다. 끝없이 이어지는 학원 공부로 바쁜 아이들에게 놀 수 있는 자유를 주고 싶었다는 방구뽕의 항변을 듣자 어린 시절이 떠올랐다.

놀 만큼 놀아본 나와 그때의 친구들에게 방구뽕 아저씨는 필요 없었다. 모두가 방구뽕이고 자유인이고 크리에이터였다. 핸드폰이나 게임기가 없던 시대의 아이들은 무에서 유를 창조하듯 재미를 만들어냈다. 날씨에 따라, 시간대에 따라, 장소에 따라, 참여자들의 나이와 성비에 따라 무슨 놀이를 할지 정했다. 골목길 모퉁이에 돗자리를 깔고 하는 종이인형 놀이와 뱀 사다리 주사위 게임, 실뜨기, 마당에서 하는 딱지치기와 구슬치기, 다방구, 땅따먹기, 고무줄놀이, 오징어게임, 숨바꼭질, 발야구 등 수많은 대안 중 최선의 선택을 했다.

놀이를 이끄는 대장은 아이들이 지루해하거나 집중력을 잃기 전 자연스럽게 다음 놀이로 유도해 흥미를 지속시켜야 했다. "나 집에 간다"라며 한 명이 시큰둥해져 집으로 가면 분위기는 금세 침울해지고 이는 걷잡을 수 없는 연쇄작용을 일으켰다. 해가 진 줄도 모르고 놀던 다른 아이들도 슬슬 동요했고 엄마의 잔소리와 밀린 숙제를 떠올리며 집으로 흩어졌다. 그러니 오래 놀고 싶은 누군가는 분위기를 계속 살려야 했다. 필요한 공이나 놀잇감을 미리 준비했고, 공이 담장을 넘거나 누구네 개집 안으로 들어가면 유능

한 협상가처럼 당황하지 않고 그 집에 들어가 신속하게 공을 찾아왔다. 어른들이 시끄러우니 다른 데 가서 놀라고 싫은 소리를 해도 비위 좋게 실실 웃으며 필요한 시간을 확보했다.

그렇게 큰 마당, 중간 마당, 집 앞 골목에서 안 해본 놀이가 없는 나는 어느덧 담장 너머의 세계를 기웃거리기 시작했다. 어두운 밤 만리동 배수지 꼭대기에서 내려다본 아랫마을은 봄날의 개나리꽃처럼 환했다. 나는 노란 불빛의 정체가 궁금했다. 그 무렵 와이셔츠 속지와 과자 상자로 만든 종이 피아노를 치는 내게 엄마가 말했다.

"미진아, 아랫마을 서서울아파트 알지? 이제 거기 가서 피아노 배워. 종이 피아노는 그만 치고."

피아노를 배우고 싶어 몸살이 난 내게는 기적 같은 소식이었고 익숙한 세계에서 벗어날 수 있는 기회였다. 높게 솟은 황토색 건물을 보며 아파트라는 단어를 배웠다. 높은 담장을 두르고 베일에 싸인 그곳의 내부를 직접 목격할 날이 마침내 다가왔다. 나는 목격자가 될 예정이었다.

아파트 입구에 있는 경비실은 군부대 초소처럼 근엄했다. 미리 나의 목적지를 아뢰어야 하는 건 아닌지 몰라 잠시 머뭇거리다 몸을 꼿꼿이 세우고 양팔을 흔들어 보이며 그 지점을 통과했다. 목적지가 있는 자의 발끝에 힘이 차올랐다. 아파트 주차장에서 마주 보이는 동이었다. 새로 산 《어린이 바이엘 상권》이 담긴 빨간 가방을 들고 계단을 올라갔다. 어렴풋이 들리던 피아노 소리가 점점 커지는 가운데 나는 잠기지 않은 문을 열고 안으로 들어갔다. 아이를 낳은 지 얼마 되지 않아 부기가 덜 빠진 여자 선생님이 나를 맞이했다. 거실과 두 개의 방에 피아노가 하나씩 있어서 도착한 순서에 따라 거실이나 방에서 피아노를 쳤다. 새 곡을 배우기 전에 선생님이 먼저 시연을 했고 나는 그 모습을 지켜봤다.

"이런 곡이야. 경쾌하지?"

리듬과 멜로디, 하모니를 듣기보다 선생님의 손을 유심히 살폈다. 선생님 손이 꽤 크고, 날렵한 피아니스트의 손 같지 않다는 생각을 했다. 선생님이 다른 아이를 가르치러 방을 나가면 피아노 방에 홀로 남은 나는 직사각형 피아노 의자에 누워 책장에 꽂힌 선생님의 것으로 보이는 대학 졸업 앨범과 영어로 된 책의 내용을 상상하다가 심심해지면 천장에 수놓인 기하학무늬의 꼭짓점을 잇고 개수를 셌다.

그러다 집에 갈 시간이 되어서야 악보의 제목 옆에 바를 정(正) 자를 그리며 연습 횟수를 간신히 채웠다.

피아노 레슨이 끝나면 놀이터로 뛰어갔다. 아파트 입주민인 듯 자연스럽고 익숙하게 행동했다. 빨간 피아노 가방을 놀이터 벤치에 올려놓고 그네와 미끄럼틀을 타고 동그란 뺑뺑이에 오르고 유연한 관절을 놀려 정글짐을 통과했다. 모래 위에 주저앉아 두꺼비 집도 지었다. 크고 높게 모래를 쌓아 치밀하게 다졌다. 수없이 여러 번 반복해서 단단하게. 마침내 때가 왔다고 생각되면 과감하고 잽싸게, 움직임을 최소화해서 손을 뺐다. 나의 두꺼비 집은 남산1호터널만큼이나 길고 어두웠지만 견고했다. 피아노를 친 시간보다 오래 놀이터에서 놀다 집으로 돌아갔다.

하지만 피아노를 배우지 않는 토요일과 일요일에 아파트 놀이터에 가는 데는 또 다른 용기가 필요했다. 주민들의 민원에 못 이긴 경비실 아저씨가 불시에 호루라기를 불며 놀이터에 들이닥치기 때문이었다.

"이 아파트에 살지 않는 애들은 가라."

"앗, 아저씨다."

인근 주택에 사는 아이들은 도둑질을 하다 들킨 것처럼

후다닥 아파트 밖으로 내뺐다. 나도 그랬다. 서서울아파트 입구를 벗어나 한참을 앞만 보고 달리다가 숨을 헐떡이며 뒤를 돌아보면 씁쓸했다. 집에 갈 시간은 훌쩍 지났고 해야 할 숙제는 손도 대지 않았고 엄마의 김치찌개는 보글보글 끓고 있는데 나는 여기서 무얼 하고 있는 걸까. 무르익은 홍시 빛 하늘을 등지고 걷는 발걸음이 무거웠다.

딸 부잣집 황 씨네

중간 마당에 사는 재민이네 엄마 아빠가 무슨 이유로 싸웠는지, 그 자세한 내막이 9시 뉴스 첫 소식만큼이나 정확하고 신속하게 온 마을에 퍼졌다. 그건 흔한 생활소음이었다. 눌린 발음에 눈물기까지 섞인 재민이 엄마의 억울한 목소리와 학생주임이 학생을 나무라듯 꾸짖는 재민이 아빠의 목소리, 뭔가가 와장창 박살 나는 소리가 매일 밤 들렸다. 하지만 전쟁 통에도 사랑을 하고 생명을 잉태한다던

가. 수많은 포화 속에 재민이가 생겨났고, 아기의 탄생을 알리는 하얀 소창 기저귀가 마당 한가운데 펄럭였다.

소복을 입은 귀신이 널을 뛰듯 펄럭이는 하얀 천기저귀 뒤로 개구멍만 한 문이 하나 있었다. 동네에서 유명한 황씨네 가족이 그 문 너머에 살았다. 사람들은 그 집을 딸 부잣집이라고 불렀다. 아줌마는 방에서 아이만 낳았다. 그 개구멍으로 첫째, 둘째, 셋째, 넷째, 다섯째, 여섯째, 일곱째가 나왔다. 우리 집만큼이나 좁은 집에서 어떻게 아홉 식구가 먹고 자는 걸까. 그리고 어떻게 아기를 낳을까. 좁은 공간에서 서로 부딪히고 겹치고 뒤엉켜 먹고 자는 모습을 상상하면 나도 모르게 숨이 답답해왔다.

하지만 불편함만 있는 건 아니었다. 식구 수만큼이나 동네에서 차지하는 힘, 즉 영향력도 셌다. 어른들의 세계에서 아빠의 직급과 경제력이 힘의 척도라면 아이들의 세계에는 그것과 다른 무엇이 있었다. 무엇보다 첫째 딸인 혜경 언니의 존재가 특별했다. 하얀 얼굴, 검고 긴 생머리, 새카만 눈썹이 〈은하철도 999〉의 메텔을 닮았지만 성질은 훨씬 더 고약했다. 레이저 광선을 쏘아대는 듯한 눈빛은 멋모르고 지나가는 사람들의 사지를 마비시키고 겁 많은 꼬맹이들에게 오줌을 질질 싸게 했다. 혜경 언니보다 위 학년인 철규 오빠나 홍수 오빠도 혜경 언니 앞에서는 순한 양이 되었다.

더운 여름에도 혜경 언니가 지나가면 스산한 바람 소리가 났다. 첫째 언니의 위세를 등에 업은 둘째 진경, 차례로 세경, 보경, 현경, 수경, 막내 미경이까지, 아니 막내 미경이는 젖먹이니까 제외하고, 모두 기세등등했다. 그들은 조직을 갖춘 정예 요원처럼 움직였다. 누구도 그 조직을 건드리지 않았다. 나 또한 그들 자매에게 섣불리 덤비지 않았다. 눈에 보이는 불합리나 불공정에도 반항하지 않았다. 오직 혜경 언니 눈 밖에 나고 싶지 않다는 생각, 힘센 언니를 가진 동생들이 부럽다는 생각, 착한 울 언니가 답답하다는 생각만 들었다. 어쩌면 혜경 언니와 한동네에 산다는 사실을 이용해 학교생활을 편히 하고 싶었는지도 몰랐다.

월요일 애국 조회는 지옥의 시간이었다. 법적으로 정해진 총 소요 시간이 있는 건지, 수십 명에게 상을 주는 날도 시상식이 없는 날도 조회 시간은 똑같았다. 학생들이 운동장에 푹푹 쓰러져도 교장 선생님은 자기 할 말을 다 했다.

어느 날은 모범 어린이 표창이 있었다. 대개 반장과 부반장, 아니면 식목일에 가장 많은 식수를 기부한 부모를 둔 아이가 모범상을 받았다. 나는 평생 모범적인 어린이가 되기는 틀렸다. 반장이나 부반장이 되기는 요원했고, 손바닥만 한 화분 하나도 챙겨 가기 버거운 형편이었기 때문이다. 대체 누가 어떤 모범이 되었는지 구경이나 할 참이었다.

"6학년 2반 황혜경."

그 순간, 나는 두 귀와 두 눈을 의심했다. 세상이 미쳐 돌아가는 건 아니겠지. 드디어 내가 헛것을 듣고 보는구나. 나만큼 가난하고, 아니 나보다 더 가난한 데다 암묵적 동네 깡패이기까지 한 혜경 언니가 단상에 올라갔다. 지금도 아기를 낳는 중일지 모를 혜경 언니의 엄마가 철쭉이나 개나리 묘목을 차에 싣고 와 기증했을 리도 없고, 혜경 언니가 반장이나 부반장도 아니었으니 기가 막힐 노릇이었다. 잠시 후 훈화가 시작됐다.

"여러분은 궁금할 겁니다. 여러분은 궁금할 겁니다. 어떻게 하면, 어떻게 하면 모범 어린이가 될 수 있느냐. 어떻게 하면 모범 어린이가 될 수 있느냐."

지겨웠다. 레코드판이 튀는 것도 아니고 왜 똑같은 말을 꼭 두 번씩 할까. 꾹 참고 귀를 기울였다.

"6학년 2번 황혜경 어린이에 대해 말해보겠습니다. 6학년 2반 황혜경 어린이에 대해 말해보겠습니다. 이 학생은 어려운 가정환경 속에서 엇나가지 않고 선행을 실천했습니다……"

도대체 무슨 선행이냐고.

"길을 가고 있던 혜경 학생은, 길을 가고 있던 혜경 학생은……"

말인즉 혜경 언니가 길을 가는데 열린 대문 사이로 목구멍이 막혀 숨을 못 쉬고 괴로워하는 할머니를 발견하고 재빨리 응급조치를 해서 구했다는 이야기였다. 죽다 살아난 할머니는 은혜를 잊지 못해 혜경 언니가 다니는 학교의 교장 선생님을 찾아와서 생명의 은인에게 상장을 줬으면 좋겠다며, 이 모든 게 아이들을 훌륭하게 가르친 교장 선생님 덕분이라고 말했다.

"제가 무엇을 했겠습니까. 제가 무엇을 했겠습니까. 한 마디라도, 한 마디라도 여러분 인생에 보탬이 되라고, 여러분 인생에 보탬이 되라고……"

그 후 혜경 언니네 집안 사정이 교장 선생님 귀에 들어갔다. 일곱 자매의 장녀로 집안일을 도맡아 하는 사실상 가장이라는 것부터 동생들을 엄마처럼 돌보는 착한 아이라는 것까지. 이후 혜경 언니는 규율반장이 되어 교문 앞에서 아이들의 용의 검사를 하고 지각생을 단속했다. 학교에서는 육성회비를 면제해주었다.

혜경 언니는 점점 달라졌다. 눈에서 흘러내리던 불덩이가 더 이상 보이지 않았다. 어쩌면 발정 난 고양이처럼 새끼만 낳아대는 부모에 대한 미움으로 곰팡이처럼 상했을 언니의 마음은 점점 안온해졌다.

혜경 언니의 엄마는 늘 배가 불렀고 늘 집에 누워서 산후조리를 했다. 혜경 언니가 엄마 대신 밥을 해서 동생들에게 먹이고 엄마를 위해 미역국을 끓였다. 개구멍 문 너머로 들려오는 아기 울음소리는 멈춘 적이 없었다. 혜경 언니는 어린 동생을 재우려 등에 꼭 업은 채 빨래를 널었다. 칭얼대는 아이를 달래며 〈섬집 아기〉나 〈ABC 노래〉를 불렀다. 여전히 내게는 두려운 혜경 언니였지만, 그런 노랫소리가 들려올 때마다 혹시 언니가 서러워 울고 있는 건 아닐까, 혹시 언니도 친구들처럼 영어 공부를 하고 싶은 걸까 싶어 나도 모르게 슬퍼지는 마음을 감출 수 없었다.

소풍 날의 도시락

중학교 교복은 예뻤다. 곤색 체크무늬의 단정한 맞주름 치마와 짧은 조끼, 하얀 블라우스, 각이 잡힌 재킷을 입으면 설레었고 더 나은 나를 기대하게 했다. 너나없이 같은 모양의 옷을 입는다는 건 어느 만큼의 동질감과 우리 모두 평등하다는 위안을 안겨주었다. 국민학교와 달리 과목마다 달라지는 선생님들의 모습을 보며 한 분야를 깊이 공부한 사람을 통해 배워야 할 것이나 비밀한 것도 알 수 있을 것만 같았다. 날이 가고 해가 더해지면서 내면의 무언가를 조금씩 넓혀가는 느낌이 좋았다.

만리동 배수지와 그 아랫마을을 기웃거리던 나의 경계가 넓어졌다. 인형뽑기 기계 속 집게가 구석에 박혀 있는 인형을 집어다 낯선 곳에 휙 던져놓은 듯 나는 새로운 세계에 놓였다. 지지리 복도 없다며 먼 거리에 있는 학교에 배정된 것을 투덜거렸지만 어느새 나는 그 길을 좋아하고 있었다. 고독한 러너처럼 종아리 알통을 두둑이 키워가며 뛰고, 그러다 지치면 걸었다. 서계동에 사는 연아와 같이 집에 갈 때도 있었지만 혼자 갈 때가 더 많았다. 길고 긴 시간 그 길을 걸으며 나는 생각하기밖에는 다른 할 수 있는 것이 없었다. 집에 이를 즈음이면 러닝 하이의 희열처럼 맑고 투명한 절정의 감각에 닿았다. 사색의 길이자 생각이 삐죽삐죽 자라는 길이었다.

수선화가 만발한 4월, 교실 창문에서 바라본 디귿 자 교정은 하얗고 노랬다. 노란색을 좋아하지 않지만 꽃의 노랑은 좋았다. 나의 키가 자란 건지 학교 담장이 낮아진 건지 교정의 나뭇가지가 가뿐히 담장을 넘었다. 중학생이 된 뒤부터 더 이상 학교가 무섭지 않았다. 아이들은 수시로 깔깔

댔고 선생님은 그런 우리에게 좋을 때라고 했다.

봄이 무르익을 무렵이면 가까운 서오릉으로 봄소풍을 갔다. 학생들은 사복을 입게 해달라고 조르고, 선생님은 안 된다고 거부했다. 하루라도 맘껏 멋을 부리고 싶었던 아이들의 실망은 컸다. 아이들은 이에 굴하지 않고 다음 전략을 세웠다. 언니 옷장에서 몰래 꺼낸 사복이 은밀하게 소풍 가방의 한 자리를 차지했다. 장기자랑 시간에 준비해 간 사복을 꺼내 입고 무대 위에서 디스코를 췄고, 소풍이 끝나면 사복으로 갈아입고 끼리끼리 시내를 돌아다녔다. 구경꾼이었던 나는 유행하는 청바지를 입고 마이클 잭슨 춤을 추는 그들의 용기에 박수를 보냈다. 도시락 따위는 중요하지 않았다. 어느 남학교에서 소풍을 왔는지, 왔으면 어디에 모여 있는지가 더 중요했다. 아이들은 밥을 대충 먹고 하이에나처럼 무리를 지어 돌아다녔다.

죽은 왕의 거대한 묘가 병풍처럼 나를 감쌌다. 영화를 누렸는지 비운의 삶을 살았는지 모를 왕의 묘지 앞에서 두 손을 머리에 괴고 누워 하늘을 바라보았다. 푸르고 드높았다. 가까이 혹은 멀리서 비명인지 웃음인지 모를 아이들의 소리가 들렸고, 가끔은 동시에 모든 소리가 멈춰 적막했다. 두 눈을 질끈 감았다. 감은 두 눈 위로 국민학교 때 갔던 소풍 중 하루가 떠올랐다.

국민학교에서는 봄과 가을이면 남산이나 경복궁으로 소풍을 갔다. 열두 반을 꽉 채운 아이들이 도시락과 과자, 음료수를 넣은 가방을 메고 흐트러짐 없이 줄을 맞춰 오래오래 걸어갔다. 다리 아프게 가봐야 같은 장소였다. 하염없이 짝꿍의 손을 잡고 걷다가 점심을 먹고 또 그 먼 거리를 다시 걸어 돌아왔다. 소풍은 뜨거운 햇볕 아래 영문도 모르고 달리는 아이들의 입에서 나는 단내와 운동화 속에 들러붙어 털어도 털리지 않는 자갈 부스러기, 뿌옇게 날리는 운동장의 모래와 확성기를 뚫는 체육 주임의 고함으로 가득 찬 운동회와 다를 바 없었다.

소풍을 즈음해서 엄마가 많이 아팠다. 도저히 김밥을 말 수 없을 것 같다며 밥에 소시지 반찬을 싸주었다. 평소 소시지 반찬이라면 자랑거리지만 모든 아이들이 김밥을 싸오는 소풍날에 흰밥은 너무 눈에 띄었다. 김밥이 꼭 먹고 싶은 건 아니었지만 적어도 주목받고 싶지는 않았다. 서둘러 몇 숟가락 먹고 친구와 남산식물원 주위를 돌아다녔다.

넓게 돗자리가 깔린 곳에 우리 학교 선생님들이 둥글게

모여 앉아 점심을 먹고 있었다. 가운데에 도시락이 산처럼 높이 쌓여 있었다. 삼 층 찬합도 있고 납작한 일본식 도시락도 있었다. 김밥은 너무 흔해 존재감 없이 묻혔다. 분홍 리본에 묶인 통통한 닭다리, 붉은 고추가 채 썰어져 널린 불고기, 손가락보다 긴 새우튀김이 얼굴을 내밀었다. 선생님들은 화려한 도시락 뚜껑을 열 때마다 몇 반 누구 엄마가 역시 다르다며 찬사를 보냈다. 대단한 도시락이었고 지극한 정성이었다. 한편으로 저 많은 걸 다 먹을 수 있을까, 남으면 누가 가져갈까 생각하며 남산식물원을 지나쳤다. 그렇게 남산식물원 옆을 몇 번인가 더 지나고 나서 국민학교를 졸업했다.

삑. 선조들이 잠든 무덤 옆에 드러누워 딴생각에 빠져 있던 나는 모두 모이라는 확성기 소리가 들리자 옷에 묻은 흙을 툭툭 털고 일어났다.

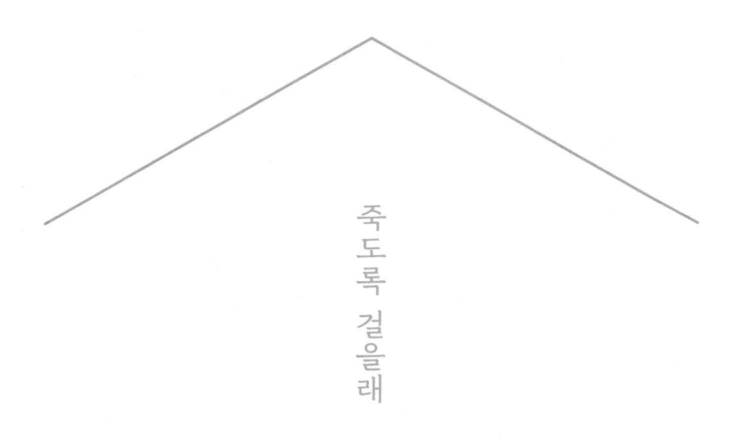

죽도록 걸을래

열세 살 등굣길은 지옥행 같았다. 만리동 산꼭대기에서 출발해 산 중턱에 있는 마라토너 손기정 선수의 모교 양정고등학교를 지나 대로변 육교까지 약 십 분, 거기서 서울역 서부역까지 이십 분, 멈춤이라고 적힌 엑스 자 신호등이 서 있는 철길 건널목을 건너 합동시장 앞 경찰청 옆길을 지나 학교 후문까지 삼십 분 정도의 시간이 걸렸다.

마포도서관 앞 버스 정류장에 어쩌다 한 번 오는 버스가 있지만 그걸 기다렸다가 짓눌려져 타느니 걸어 다니는 게 나았다. 서울역 앞에서 목욕탕과 여관을 크게 하는 집의 큰 딸 인혜도 나와 같은 학교라는 걸 소문으로 알고 있었다. 전교생 중에 인혜를 모르는 아이는 없었다. 국민학교에 다니는 6년간 말 한 번 섞어보지 않은 사이지만 나는 인혜를 잘 알았다. 물론 인혜가 나를 알 리는 없었다. 동네에서 나는 이야기꾼에다 노는 일에 진심인 아이였지만, 회색 담이 둘러쳐진 학교에서는 늘 추위에 떨었고, 화장실이 두려웠고, 선생님이 무서워 잔뜩 움츠러들었다. 몇 년째 아무도 빌려 가지 않아 누렇게 먼지 쌓인 교실 뒤편 학급문고처럼 익명에 가까웠다.

전교생 일동은 인혜가 단상에서 온갖 상을 휩쓰는 모습을 봤고, 그 아이의 엄마가 학부모 대표로 하는 연설을 들었다. 컸다 작았다 좀체 가늠할 수 없는 키를 가진 교장 선생님은 수시로 등굣길 학교 정문에서 용의 검사를 했다. 복장이 불량하다고 지적당한 학생들은 엎드려뻗쳐를 한 채 가정교육을 못 받았다느니, 학교 명예를 떨어뜨렸다느니, 나라를 좀먹는 벌레가 될 거라느니 하는 일장 연설을 들어야 했다. 이때만큼은 분명 교장 선생님의 키가 커 보였다.

그러나 학교에 손님이 방문해서 대청소를 하는 날이면 교장 선생님의 허리는 반쯤 굽어졌다.

키가 눈에 띄게 줄어든 어느 날, 교장 선생님은 본관 건물 외벽에 걸린 대형 시계를 가리키며 말했다.

"여러분, 그동안 우리 학교의 발전을 위해 물심양면으로 애써주신 5학년 8반 김인혜 학생의 어머니께서 여러분 모두가 볼 수 있게 이렇게 큰 시계를 기증해주셨습니다."

학생들은 단상 위 인혜 어머니와 운동장에 서 있는 인혜를 향해 두 차례 박수를 보냈다. 인혜 부모님이 서울역 앞에서 제일 큰 제일목욕탕과 제일여관을 한다는 사실은 모두가 아는 일급비밀이었다. 쉬는 시간에 운동장 한가운데서 피구를 하거나 정글짐에서 놀다가도 학교 중앙에 걸린 시계를 보면 수업 시작하기까지 몇 분이 남았는지 알 수 있었다. 그렇게 칭송받던 인혜는 6학년이 되자 전교 회장이 되었다.

학교를 졸업하고 봄을 지났다. 한 시간여 걷다 보면 제아무리 빳빳하게 다린 교복도 땀에 들러붙고 매연에 절어 꼬질꼬질해졌다. 햇빛이 쏟아지던 어느 날 산꼭대기 집에서 출발해 중간 지점인 서울역 근방에서 인혜를 만났다.

"얘, 너 봉래국민학교 나왔지?"

그 유명한 전직 전교 회장이 뽀얀 얼굴로 내게 아는 척을 했다.

"응. 왜?"

"우리 같은 중학교야. 학교 가는 길인데 같이 가자."

어느새 반질반질 빛나는 흑표범을 닮은 자동차 한 대가 인혜 옆에 미끄러지듯 멈췄다. 창문이 열리고 인혜와 꼭 닮은 남자 어른이 내게 미소를 지으며 말을 건넸다. 인혜의 아빠였다.

"인혜 친구로구나. 같은 학교네. 빨리 타라."

인혜네 목욕탕과 여관은 겉으로 보면 일본 관공서 같기도 하고 서양 박물관 같기도 했다. 성공을 꿈꾸며 서울로 상경한 수많은 인파 가운데 인혜네 여관에서 하룻밤을 묵지 않은 사람은 없었을 것이다. 포마드 기름으로 머리칼 한 올 남김없이 빗어 넘긴 인혜 아빠에게서 카리스마가 느껴졌다. 폴짝 차에 탄 인혜가 어정쩡하게 서 있는 내게 어서

타라고 손짓했다. 상황이, 그놈의 상황이 풍성한 드레스 입은 여인을 수놓은 프렌치 쿠션이 놓인 베이지색 소가죽 시트 위로 나를 밀어 넣었다.

"집이 어디니?"

인혜 아빠의 가벼운 호구 조사가 시작됐다.

"배수지……. 양정고등학교 위요."

배에 잔뜩 힘을 주고 기죽지 않은 척, 밝은 척 씩씩하게 대답했다.

"아휴, 멀구나. 일찍 출발하겠는걸. 앞으로 같이 타고 다녀라. 인혜도 심심하지 않고 좋지 뭐."

인혜는 뭐가 좋은지 속없이 싱글거렸다. 그 순간 나의 모든 감각은 오로지 한 가지를 향하고 있었다. 어떻게 문을 열어야 하지? 난생처음 타보는 자가용이었다. 오래전 택시를 타본 적이 있지만 그 기억도 몹시 아득했다. 차를 타고 가는 내내 오른편 문고리를 힐끔거렸다. 어떻게 열어야 하는 걸까? 이건가, 아님 저거? 젠장, 하필 문이 내 옆에 있다니. 마음속에서 반야심경과 주기도문이 터졌다. 신심이 절로 뜨거워졌다. 학교가 가까워오자 차가 이내 속도를 줄이더니 스르륵 멈추었다.

"잘 다녀오겠습니다."

인혜와 나는 인사를 했다. 때가 왔다. 문을 열어야 했다. 까짓, 열자. 하지만 어찌 된 일인지 문은 열리지 않았다. 실패, 실패였다. 둘 중 하나, 반반의 확률이 내게 0으로 수렴했다.

"위엣것을 잡아당기면 돼."

허둥대는 내게 인혜 아빠의 친절한 설명이 덧붙여졌다. 인혜의 손길이 닿기 전, 위에 고리처럼 생긴 부분에 손을 넣고 힘껏 당겼다. 간절한 바람과 함께 달그락 문이 열렸다. 며칠 후면 두더지가 되고 싶다며 땅을 파고 숨은 여중생 기사가 신문 1면에 실릴 터였다.

아무 일도 없었던 듯 인혜와 나는 실내화를 갈아 신고 학교에 들어갔다. 내일도 만나서 같이 오자는 인혜에게 눈인사를 남기고 터질 듯 붉게 물든 얼굴과 더 붉게 얼룩진 가슴을 짓누르며 교실로 향했다. 아, 사는 건 힘들어. 차라리 죽도록 걸을래. 내 멋대로 그렇게.

흔들리는 나날

같은 반에 단정하고 정숙하여 타에 모범이 된다는 수식어를 가진 아이가 있었다. 모든 선생님이 국민교육헌장보다 더 자주 이 수식어를 말했다.

"단정숙. 어쩌면 너는 이름처럼 단정하고 정숙하냐?"

각 과목 선생님마다 교실에 들어와 정숙이를 찾았다.

"누가 단정숙이지? 아, 네가 단정숙이구나. 너 정말 단정하고 정숙하구나."

그 한 명을 제외한 나머지 아이들은 매 순간 유령처럼 없는 존재였다.

땀을 뻘뻘 흘리며 교실 문을 열고 들어가면 방금 분첩을 내려놓은 듯 보송보송한 얼굴을 한 단정숙이 내게 눈웃음을 보냈다. 내가 그렇게 싫어하는 웃음을, 그것도 극혐인 눈웃음을. 젠장, 쟤는 왜 웃고 난리야. 나는 의자를 거칠게 당겨 앉았다.

정숙이 엄마가 싸주는 도시락은 팔레트에 짜놓은 수채화 물감처럼 다채로웠다. 분홍 소시지와 노란 달걀말이가 조화롭게 어우러졌다. 빛 좋은 개살구 같으니. 우리 엄마가 들기름 빵빵하게 넣고 요리한 김치볶음에 댈 게 아니지. 이게 얼마나 맛있다고. 나는 오기인지 자존심인지 모를 괜한 심통을 부리며 내 반찬만 먹었다.

앞집 친구 민희와 나는 풀 방구리에 쥐 드나들 듯 돌담을 넘어 배수지 초록 동산에 갔다. 철없는 동네 아이들과 떼를 지어 다니며 놀기에는 제법 자라서 여자들만의 속 이야기를 하고 싶을 때였다. 바람 소리를 들으며 걸었고, 지는 해를 바라보며 재잘거렸다. 정육면체의 숨어 있는 꼭짓점 하나가 도저히 보이지 않는다는 이야기, 미술 시간에 데칼코마니를 만들며 발견한 대칭점이 수학 시간 모눈종이 위에서는 그려지지 않는다는 이야기, 친구와 가족 이야기, 그리고 간밤의 꿈과 미래의 꿈에 관해 이야기했다. 그러다 심심해지면 아빠가 근무하는 배수지 사무실에 갔다.

어느 날인가도 사무실에 갔는데 원래 책상과 캐비닛, 의자 몇 개 빼면 아무것도 없는 공간에 어쩐 일인지 아무도 보이지 않았다. 귀를 기울여보니 어디선가 아저씨들의 목소리가 들려왔다. 숙직실에서였다. 아빠를 포함한 아저씨들 서너 명이 국방색 담요 위에서 화투를 치고 있었다. 탁탁 화투장 부딪히는 소리가 요란했다. 모두 심각한 표정이었다. 아저씨들이 모은 화투장 옆에는 동전과 종이돈이 제각기 뒤섞여 놓여 있었다.

"아빠, 땄어?"

"으응, 왔니?"

아빠는 민희와 내게 가서 아이스크림이나 사 먹으라며 바닥에 놓인 돈에서 동전 하나를 집어주고는 다시 화투패에 집중했다. 사무실 한쪽 벽에는 두꺼운 서류가 빳빳한 파란색 표지에 싸여 검정 노끈에 묶인 채 매달려 있었다. 정해진 시간에 물의 높이와 기계 이상 유무 등을 확인해 기록하는 점검 일지였다. 아저씨들은 하루에 몇 번씩 배수조의 물 상태를 점검했고 그 일지에 표기했다. 아무리 봐도 그 정도는 나도 할 수 있을 것 같았다. 일을 하다 화투를 치는 건지, 화투를 치다 일을 하는 건지 알 수 없었고, 그렇게 일하고도 매달 돈을 받는다는 게 신기하기만 했다.

엄마는 시간을 그렇게 헛되이 보내지 말라고, 기술이라도 배우라고, 나중을 생각하라고 아빠를 다그쳤다. 엄마의 빈번한 조언은 잔소리가 됐고 아빠는 슬슬 자리를 피했다. 일이 쉬운 만큼 월급은 형편없어서 살기는 점점 어려워졌다. 엄마는 몸 상태가 좋을 때는 관공서 식당에 일을 하러 나갔지만 몸이 약해 오래 하지는 못했다.

한참을 겉돌던 아빠는 어느 날부터 간판 만드는 일거리를 받아 왔다. 아빠의 적성에 맞는 건지, 엄마가 말하는 기술이 바로 그것인지, 아빠는 시간이 날 때마다 화투 대신 모눈종이에 글자본을 뜨고 줄톱으로 아크릴을 오리는 데 집중하기 시작했다. 그 덕분에 엄마의 잔소리는 대폭 줄어

들었다. 이날도 그런 여러 날 중 하루였다. 잘라낸 자음과 모음이 하얀 아크릴판 위에 두서없이 흩어져 있었다. 제, 제, 욕, 관, 여, 관, 탕, 일……. 아빠가 순서대로 글자를 붙이자 드디어 '제일여관·제일목욕탕'이라고 쓰인 간판이 완성되었다. 인혜네 간판이었다.

뒷산으로 올라가 바람의 속도만큼 뛰었다. 온몸에 바람이 가득 차올라 두 발이 하늘로 둥실 떠오를 것만 같았다. 인혜 아빠 덕에 부수입을 얻어 좋아하는 아빠, 지금도 어디에선가 일하는 중인 엄마, 사춘기의 꽃을 피우며 쾅 하고 문짝이 떨어져라 신경질을 내는 언니, 모든 게 불안한 나. 나는 새가 되어 하늘을 날고 싶었다.

방과 후, 교문을 나서면 활기찬 정동길이 펼쳐졌다. 은근히 교복 맵시를 뽐내는 인근 여중생들이 그들의 성지인 아트박스와 모닝글로리로 모여들었다.

"오늘 우리 편지지 사러 가자. 미래의 남편한테 편지 써야지. 호호."

"오빠, 제발 제가 어른이 될 때까지 기다려주세요. 꺄르르르."

중학교 여학생들은 구르는 돌에 오두방정을 떨며 웃다가 떨어지는 나뭇잎에 탄식했다. 그들이 바라는 미래의 남편은 책받침 속 주인공인 섹시한 남성 듀엣 웸의 멤버였다가, 검은 모자를 쓰고 문워크를 하며 〈Billie Jean〉을 부르는 마이클 잭슨이었다가, 애수 어린 눈동자를 가진 배우 장국영이 되었다. 여학생들은 파스텔 컬러 편지지와 멀쩡한 집을 두고 빨간 지붕 위에 누워 자는 스누피가 그려진 메모지를 골랐다. 그러다 배가 고파지면 근처 미국 남부식 정통 햄버거로 유명한 웬디스 햄버거 가게에 가서 갓 튀긴 프렌치 포테이토를 한 개 사서 나눠 먹었다.

네온사인으로 눈부신 번화가, 예쁜 문구류, 폭신한 패브릭 손지갑, 무지개색 젤리펜, 퀼트 필통과 왕비가 주문을 외웠음 직한 타원 모양의 청동 주물 거울, 바삭한 프렌치 포테이토가 있는 그곳은 말 그대로 놀라운 신세계였다. 하지만 나의 현실은 아니었다. 친구들의 투어에 동참하는 건 어쩐지 내게 맞지 않았다. 가벼운 주머니로 감당 못 할 부담이고 자처해서 가랑이가 찢어진 뱁새가 되려는 형국이었다. 그러나 유혹은 에덴동산의 빨간 사과처럼 달콤해 나는 자주 흔들렸고 겨우 버텼다.

"아니야. 어차피 가는 방향도 다른데, 너희들 먼저 가."

모두가 떠난 교정은 한적했고, 낮의 해가 남긴 잔열로 따뜻했다. 가방에서 책을 꺼냈다. 하늘이 낮아지고 어두워질 때까지 책을 읽었다. 수위 아저씨가 어깨를 톡톡 치며 "이제 가야지"라고 말했다.

버스를 타고 가는 길에 정류장에 서 있는 단정숙을 보았다. 같은 반 아이를 교실이 아닌 밖에서 만날 때 드는 반가움 때문인지, 순간 버스 창문을 열고 손을 흔들 뻔했다. 단정하고 정숙한 단정숙에게.

그간 질투와 시기심으로 바라본 정숙이는 정말 곱고 예뻤다. 달리는 차 안에서 멀어지는 정숙이의 얼굴을 오래 쳐다봤다.

국어 시간이었다. 친구 범희가 뒷자리 희숙이와 시시덕거리며 쪽지를 주고받았다. 저것들이 간덩이가 부었나. 세상

얌전한 친구들까지 안 하던 짓을 했다. 줄곧 선생님 눈 밖에 나지 않으려고 애썼던, 아니 본성이 유순해서 어른들 말을 무던히도 잘 듣던 아이들이었다. 그날만은 졸업을 앞둔 여느 배짱 두둑한 중학교 3학년 아이들처럼 굴었다. 그러다 결국 걸렸다. 스트라이크. 흰색 분필이 유연한 포물선을 그리며 범희의 머리를 정통으로 가격했다. 오직 범희의 머리에만.

교실 한가운데서 수업 중에 저런 행각을 벌였으니 걸리는 것도, 선생님이 분필을 날리는 것도 당연했다. 그럼에도 휴지기 중이던 나의 분노는 부글부글 끓어올랐다. 이건 분명히 범희와 희숙, 둘의 장난이었다. 완벽한 공동 범죄인데 선생님은 왜 범희만 응징했을까. 왜 사건의 진상을 알아보지 않은 거지? 범희의 행동만 눈에 거슬렸을까. 범희는 운수 나쁜 날이고 희숙이는 운수 좋은 날이었나?

아무리 생각해도 불공평했다. 선생님은 분명 어린 학생들에게 화풀이를 하고 있었다. 물론 범희의 억울함과 선생님의 잘못된 행동을 따질 용기는 내게 없었다. 국어책의 같은 문장을 의미도 모른 채 여러 번 반복해서 읽으며 수업 종이 치기만 기다렸다.

멀리 범희가 보였다. 고개 숙인 범희의 커다란 눈에 오백 원짜리만 한 눈물이 맺혔다. 억울함의 눈물이었다. 교실에 《우리들의 일그러진 영웅》 속 엄석대는 없지만 자기 감정을 다스리지 못해 학생의 마음에 상처를 준 교사는 있었다. 나는 평화롭고 자극이 없는 곳에서 두더지가 되어 땅속 깊이 숨고만 싶었다.

잠이 들기 전엔 일기장을 펴고 내 안에 고인 말을 글로 남겼다. 가난도, 선생님들의 부조리함도, 어른들의 모순도, 갯벌에 부서진 조개껍데기처럼 바스락대는 마음도 썼다. 크게 보이던 감정이 작고 단단한 돌멩이의 형상으로 보이기 시작했다.

▲▲▲

엄마의 지청구에 눈이 번쩍 뜨였다.

"일어나. 얘가 웬일로 늦잠이야?"

"어머, 지각이다!"

오늘도 헐레벌떡 일어나 가방을 둘러메고 달리기 시작했다. 저 멀리 인혜의 모습과 반짝이는 흑표범 자동차가 보였다.

"오랜만이네. 너 요새 안 보이더라. 같이 가자."

"아니, 괜찮아. 운동 삼아 뛰어가는 거야."

"등교 시간 얼마 안 남았어."

"까짓, 뛰면 돼."

나는 전속력으로 달렸다. 몸에서 바람 소리가 났다. 다행히 지각은 아니었다. 〈전설의 고향〉에 나오는 귀신처럼 산발 머리가 되어 교실로 들어가는데 단정하고 정숙한 단정숙이 웃음을, 그것도 극혐인 눈웃음을 보냈다.

하룻밤 사이에 무슨 일이 있었던 걸까. 정숙이의 웃음이 그리 싫지만은 않았다. 웃는 얼굴에 침 못 뱉는 것 아닌가. 웃는 게 무슨 죄라고. 난 헐레벌떡 뛰고, 정숙이는 방긋 웃고. 각자 생긴 대로 사는 거지.

점심시간이 되어 읽은 책을 반납하고 새 책을 빌리러 가는데 도서관 앞에 단정숙이 서 있었다. 예쁜 애가 책까지 읽나. 이건 불편한데. 내 구역, 아니 연아와 나만의 비밀 아지트인데.

"방해하려는 건 아니고. 나도 너희랑 같이 점심시간에 책 읽으려고."

양 볼이 빨개진 단정하고 정숙한 단정숙이 나를 보고 웃었다. 나도 정숙이를 따라 웃었다.

산동네 유월 아침은 찼다. 서둘러 가방을 챙겨 학교로 가는 길, 밤새 들끓었을 서울역 주변은 낯설고 어색했다. 줄어든 통행량 덕분에 데시벨은 낮았고 거리에 버려진 쓰레기가 갈 곳을 잃고 날아다녔다. 이른 아침에 교정을 지나 텅 빈 교실로 들어가 가방 속 책을 꺼냈다. 누군가의 손길로 녹진해진 책이 속살처럼 부드러웠다. 아이들이 들이닥치기 전 숨을 죽이고 《호밀밭의 파수꾼》을 읽었다. 읽을수록 복에 겨운 아이의 이유 없는 방황이라고 주인공 홀든 콜필드를 비난하던 마음이 조금씩 누그러졌다. 센 척, 멋진 척, 용감한 척 방황하는 홀든은 어른 세대의 위선에 반항하고 싶지만 어른처럼 될까 봐 두려운, 겁이 많은 아이였다.

누군가의 탈선을 보며 공모자가 된 듯한 유쾌하지 않은 기분, 현장에 있던 목격자가 된 석연찮은 불안이 슬며시 사라졌다. 어린이를 몰아세우기 전 모순과 타락에 물든 어른들이 순수를 찾기를, 어린 소년을 덮친 파도가 썰물이 되어 제자리로 돌아가기를 바랐다.

> 내가 할 일은 아이들이 절벽으로 떨어질 것 같으면 재빨리 붙잡아주는 거야. 애들이란 앞뒤 생각 없이 마구 달리는 법이니까 말이야. 그럴 때 어딘가에서 내가 나타나서는 꼬마가 떨어지지 않도록 붙잡아주는 거지. 온종일 그 일만 하는 거야. 말하자면 호밀밭의 파수꾼이 되고 싶다고나 할까.
>
> —J. D. 샐린저,《호밀밭의 파수꾼》

아이들을 지켜줄 파수꾼이 과연 있을까. 그저 바라고 기대하는 마음에 만들어낸 상상의 인물은 아닌지, 마냥 기다려도 되는지 나는 궁금했다.

연극 보러 가는 길

같은 반 짝꿍 정미는 자기 오빠가 혜화동 마로니에공원에서 연극을 하는 배우라고 자랑했다. 나와 친구들은 뻥치지 말라며 코웃음을 쳤다. 배우라면 매우 특별한 사람이고 그렇다면 가족마저 남다를 거라 생각했던 것이다. 정미는 억울한 얼굴로 진짜 자기 친오빠가 연극배우라며 씩씩거렸다. 다음 날 정미는 연극 티켓 몇 장을 가져와 오빠를 직접 만나러 가자고 했다.

여중생 셋이 지하철 4호선을 타고 혜화역에 내렸다. 젊음의 거리 마로니에공원이 눈앞에 펼쳐졌다. 한때 일본이 세운 경성제국대학이 있고, 서울대 본관을 거쳐 현재는 한국문화예술위원회가 운영하는 예술가의 집이 있었다. 예술의 거리로 변모한 마로니에공원에 심어진 '마를린 먼로'도 '마리아'도 아닌 '마로니에 나무'의 정체가 궁금했다. 훗날 '마로니에'가 프랑스어로 '달고 큰 밤나무'라는 뜻이며 '천재'라는 꽃말을 가졌다는 것을 알았다. 훌륭한 인재를 양성하고 싶은 정직한 마음에 심은 나무였을까.

거리는 문화와 예술의 흥취로 웅성거렸다. 분장을 하고 무대 의상을 입은 채 횡단보도를 바삐 건너는 배우도, 소극장 앞에 둥글게 모여 앉아 북을 두드리며 지나는 사람들을 호객하는 단원도 보였다. 친구와 나는 티켓에 그려진 약도를 보며 극장을 찾다가 거리에서 펼쳐지는 그들의 공연 아닌 공연을 한참이나 구경했다.

간밤의 비에 말갛게 씻긴 듯 눈에 보이는 모든 것이 선명했다. 새 건물과 새 물건이 주는 산뜻함이 있었다. 극장으로 가는 길에 어린아이가 크레파스를 꾹꾹 눌러 그린 듯 진한 붉은색 벽돌로 지어진 샘터 파랑새소극장이 눈에 띄었다. 그 주위로 여러 개의 소극장이 열정적으로 자신의 존재감을 드러냈다. 간판은 밖에서 지나가는 사람들을 유혹했지만 극장은 대개 지하 깊숙이 있어서 연극을 공연하는 중인지 아닌지 잘 알 수 없었다. 우리 셋은 도둑고양이처럼 살금살금 한참이나 계단을 내려간 뒤에야 어느 극장으로 들어가는 작은 문을 찾았다. 캄캄했다. 문이 닫혔다는 걸 확인한 우리는 갑자기 무서운 생각이 들어 공포 영화를 찍듯 걸음아 날 살려라 어두운 계단을 뛰어 올라갔다.

파랑새소극장 사이로는 술집과 커피숍이 줄지어 있었다. 프라이팬에서 춤을 추는 소시지와 하얀 거품이 덮인 노란 맥주 사진이 걸린 하이델베르크 생맥줏집의 이국적인 분위기가 좋았다. 드디어 목적지인 극장에 도착한 우리는 정미 오빠를 만나러 무대 뒤쪽 분장실로 갔다.

"오빠, 내 친구들이야."

"정미 친구들이구나. 좀 어려울 텐데, 그래도 재밌게 보고 가라."

정미 오빠는 진한 메이크업을 하고 우리에게 손을 흔들어주었다. 분장실을 나와 들어간 객석은 어두웠고 무대의 천장에서 바닥을 향해 수직으로 떨어지는 자주색 벨벳 커튼이 홀 전체를 압도했다. 마이크를 사용하지 않는데도 배우들의 목소리가 크게 들렸다.

사뮈엘 베케트의 연극 〈고도를 기다리며〉를 보는 내내 고도를 기다렸지만 '고도'는 나오지 않았다. 그 대신 한 소년이 등장했다.

"고도 님이 오늘 밤엔 못 오고 내일은 꼭 오겠다고 전하래요."

같은 자리에서 밤을 지새우며 사람들은 내일을 기다렸다. 다음 날, 내일은 왔지만 고도는 오지 않았다. 그들은 포기하지 않고 또다시 내일을 기다렸다. 고도가 올 것을 믿고. 연극이 끝나갈 무렵에야 나는 기다리는 고도가 사람이 아닐 수도 있다는 데 생각이 미쳤다. 반전이었다. 그 순간 미지의 세계에 발을 들인 나 자신이 비밀을 풀 작은 단서를 발견하기라도 한 듯 벅찼다. 어쩌면 기다리는 게 삶일지 모른다고 어렴풋이, 아주 어렴풋이 알았던 것이다. 연극이 끝나고 어둠이 내린 마로니에공원을 걸어 내려오며 바라본 밤하늘은 청명했다.

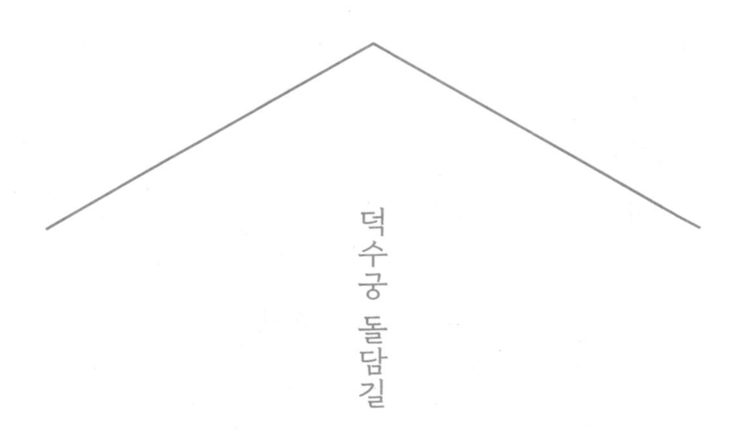

덕수궁 돌담길

이문세가 부르는 〈광화문 연가〉를 들을 때면 사진보다 선명하게, 현미경보다 자세하게 덕수궁 돌담길의 장면들이 눈앞에 그려진다. 봄, 여름, 가을, 겨울, 어쩌면 그곳의 바람과 해의 미묘한 차이조차 느낄 수 있을 것만 같다.

중학교 3학년 2학기, 전교생이 모인 조회 시간에 새로 전근 온 선생님들에 대한 소개가 있었다. 그중 눈에 번쩍 띄는 선생님이 한 분 있었다. 멀리서도 느껴지는 문학의 향기가 운동장 한가운데 서 있는 내게도 전해졌다. 장미 정원에서 백파이프를 불던 캔디의 첫사랑 안소니처럼 다소 비현실적인 외모였다.

조회를 마치고 교실로 돌아오는 길, 나는 친구들에게 말했다.

"얘들아, 새로 온 선생님 멋있지 않니?"

남자 보기를 돌같이 하던 나의 들뜬 물음에 친구들은 고개를 갸우뚱했다.

"너 취향 참 특이하다. 그 선생님이 멋있다고……?"

나는 친구들의 안목 없음과 수준 낮음을 통탄했다.

"너희들이 뭘 알겠니."

하루라도 책을 읽지 않으면 입에 가시가 돋는다는 안중근 의사의 말을 빌려 끈질기게 설득한 끝에, 책이라고는 하이틴 로맨스도 읽지 않는 미정이를 포섭해 김 선생님이 있는 문학반에 같이 들어갔다.

문학반 수업 시간에는 주로 한국 단편을 읽고 감상을 나누고 독후감을 썼다. 그렇다고 책이나 문장에서 특별히 감동을 받거나 깨달음을 얻은 건 아니었다. 그저 흥부네 아이들의 옷처럼 누덕누덕한 나의 독서 이력을 들키지 않으려고 애쓰는 허세 가득한 중학생일 뿐이었다.

언젠가 선생님은 '가을'이라는 주제로 글을 쓰기 전, 우리에게 학교 앞 덕수궁 돌담길을 함께 걷자고 했다. 노란 은행잎과 붉은 낙엽이 하늘과 땅에 가득한 늦가을이었다. 그날만은 매일 지나던 길이 아닌 낯선 새 길이었다. 우리는 돌담길을 걷고 나서 글을 썼다. 내가 그때 가을을 어떻게 표현했는지 지금은 정확히 기억나지 않지만, 옆에서 떠드는 미정이에게 조용히 하라고 핀잔을 주고, 지루해하는 미정이 옆에서 분위기를 한껏 잡고 길을 걷던 나의 과장된 몸짓만은 어렴풋이 떠오른다.

바람 부는 날이면 학교 운동장을 둘러싼 버드나무가 로커 김경호와 박완규처럼 미친 듯 머리채를 흔들었다. 친구들도 긴 머리를 휘날리며 헤드뱅잉을 따라 했다. 나는 친구들의 우스운 몸짓에 깔깔대다 5교시 종이 울리면 헐레벌떡 교실로 뛰어갔다.

담장 낮은 학교에서 마침내 나는 움츠러진 어깨를 펴고

등을 꼿꼿이 세워 세상과 마주했다. 선생님이 무심코 던진 단어 하나, 책 속의 문장 한 줄에 몽롱한 잠에서 깨어났다. 생각의 배경이 넓어지고 어설픈 것들이 조금씩 덜 어설퍼졌지만 미지의 세계는 내게 호기심과 함께 그림자도 드리웠다. 어른의 세계는 자주 실망스러워서 그때마다 설 곳을 잃은 나는 낮의 자극을 피해 땅속에 숨는 사막의 도마뱀이 되었다.

그래서 그런지, 문학반 시간의 몰입을 빼면 나는 대체로 모든 것에 시큰둥했다. 프랑크 푸르셀의 〈Adieu, Jolie Candy〉가 시그널 뮤직으로 흐르는 이종환의 〈밤의 디스크쇼〉와 별밤지기 이문세가 진행하는 〈별이 빛나는 밤에〉를 들으며 하루를 마무리했고, 거침없이 팝송 제목을 알려주는 김기덕의 〈두시의 데이트〉를 들으며 영어를 잘하고 싶다는 생각을 했다.

새 학기가 되어 유향이라는 외자 이름의 영어 선생님이 교실 문을 열고 들어왔다. 선생님은 유창한 영어로 자기를 소개했다. 그동안 접해본 적 없는 발음이었다. 게다가 인사말이 끝나고도 계속해서 영어로 수업을 이어나갔다. 모두들 어리둥절했지만 눈치껏 상황을 이해하려 애썼다. 놀라웠다.

"선생님 아마 미국 사람일 거야."

"아니야, 분명히 한국 사람이라고 말했어."

교실은 대혼란이었다. 풀리지 않는 호기심을 꽉 품은 채 우리는 다음 수업 시간을 기다렸다. 그 후 매일 아침 텔레비전에서 방송하는 〈민병철의 생활영어〉를 꼬박꼬박 들으며 미래의 나를 상상했다. DJ 김기덕이나 유향 선생님처럼 영어를 거침없이 말하고 민병철처럼 잘 가르치는 선생님의 모습이었다. 수없이 그린 이미지는 힘이 셌다. 전공하지 않았다는 이유로 슬쩍 포기하고 다른 길을 가던 나는 훗날 먼 길을 돌고 돌아 영어를 가르치는 선생님이 되었다. 그 옛날 떠올린 이미지는 공중으로 흩어지지 않고 어디엔가 맺혔고, 그 덕분에 나는 세상을 향해 나의 모습을 반사할 수 있었으리라.

걸핏하면 두더지가 되어 땅속에 숨고 싶다던 중학생은 다행히 두더지가 되지 않고 무사히 중학교를 졸업했다. 추운 겨울, 빛나는 졸업장과 졸업 앨범을 받았다. 내 얼굴보다 선생님 얼굴을 먼저 확인했다. 캔디의 첫사랑, 장미 정원의 안소니는 어디에도 없었다. 익숙한 듯 낯선 다른 사람만 있었다. 이렇게 주름이 있으셨나. 난 본 적이 없는데. 사진 속 선생님의 눈가에 주름이 오선지를 그렸다. 내 눈에는 국문학과를 갓 졸업한 문학청년이었고 긴긴밤 별을 보며 시를 쓰는 시인의 얼굴이었는데. 선생님을 처음 본 날 나를 향해 아이들이 보내던 무언의 눈빛을 비로소 이해하게 됐다. 콩깍지가 단단히 씌었던 게 분명했다.

사춘기 소녀의 눈에는 길가의 돌멩이와 들풀 하나도 아름답게 보였나 보다. 문학반에서 활동한 한 학기 내내 마음의 소란 없이 집중했던 나는 덜 흔들리고 더 단단해져 정동길을 떠났다. 책 내음 가득한 도서관, 운동장의 버드나무, 수선화 동산, 몰래 들어가 홀로 기도하고 싶던 정동제일교회, 글감을 찾으며 걷던 덕수궁 돌담길을 남기고.

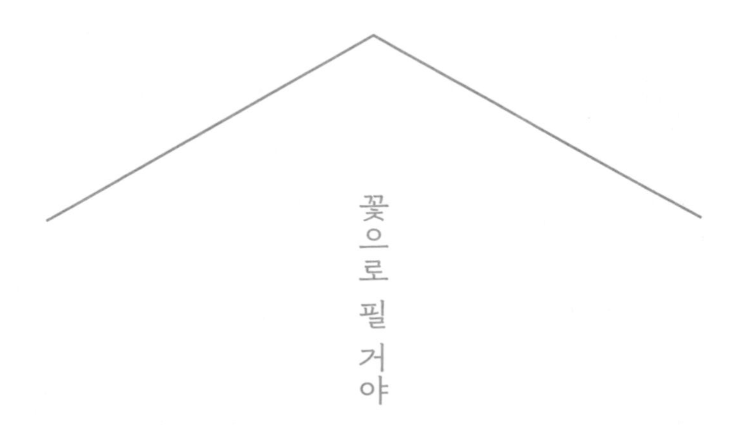

꽃으로 필 거야

하얀 미니스커트 무용복을 입고 1986년 아시안게임 응원에 참여했다. 수능을 앞둔 고등학생이 체육 시간에 운동장에서 매스게임을 연습했다. 요즘 같으면 불가능했겠지만 그때는 나라의 큰 행사에 참여한다는 자부심 때문인지, 아니면 나랏일에 대한 너나없는 협동심 때문인지 아무런 잡음이나 불만 없이 행사의 일원이 됐다. 체육 시간만 활용한 게 아니었다. 점심시간 이후에도 줄곧 강당이나 운동장에 모여 연습했고, 개막식이 다가와서는 넓은 효창운동장에서 다른 학교 학생들과 여러 번 순서를 맞춰보았다. 공부에 흥미가 없던 나는 수업을 땡땡이치고 아이들과 어울려 무용하는 시간이 그다지 나쁘지 않았고, 연습한 뒤 먹는 소보로빵과 흰 우유가 맛있었다.

왼쪽과 오른쪽을 가르는 방향 감각이 떨어졌던 나는 어릴 적 체육 시간이 너무 싫었다. 좌향좌, 오른쪽으로 두 발짝, 거기서 다시 좌향좌, 그리고 오른쪽으로 한 발짝. 이런 구령이 들려오면 완벽한 혼란 상태가 시작됐다. 제자리에서가 아닌 이동 후 방향 바꾸기는 두 발을 마구 뒤엉키게 했다. 엄마는 내 운동화 발등에 '우' 또는 '오'라고 조그맣게 써줬다. 체육 선생님이 마이크로 우향우 좌향좌를 외치면 신발을 보고 그쪽으로 몸을 틀었다. 다행히 상태가 점점 나아져 신발을 보지 않고도 방향을 바꿀 수 있게 되었고, 고등학교 이후로는 더 이상 실수를 하지 않았다.

수없는 연습 끝에 얻은 결실인 듯, 우리는 육상 남자 200미터 금메달리스트인 장재근 선수가 성화를 봉송하는 모습을 코앞에서 지켜봤고, 개막식 마지막 순서인 불꽃과 SEOUL의 알파벳 E를 그리며 폴짝폴짝 춤을 췄다. 우리 학교의 공연 순서를 기다리며 친구들과 잠실 올림픽 주경기장을 돌아다녔다. 두꺼운 한복을 칭칭 둘러 입은 다른 학교 학생들은 산들거리는 무용복을 입고 돌아다니는 우리를 몹시 부러워했다.

아무 생각 없어 보이는 친구들에게도 크고 작은 재능이 있었다. 어떤 친구의 재능은 다행히 발견되어 키워졌고 어떤 친구의 재능은 흩날리는 초겨울의 눈발처럼 흔적 없이 사그라졌다.

현주는 종일 책상에 엎드려 자다가 점심시간에만 일어났고 밥을 먹고 나면 교실 뒤편으로 나가 목청껏 팝송을 불렀다. 우리는 현주 또 시작이라며, 제발 조용히 좀 하라고 야유했다. 허리를 꺾고 다리를 흔들며 흥에 겨워 노래하던 현주는 마침내 지나가던 음악 선생님의 눈에 띄었다. 그 뒤부터 현주는 더 이상 교실 뒤에서 대걸레나 빗자루를 기타 삼아 노래하지 않았다. 점심시간이면 음악실에 가서 성악을 연습했고, 교내 합창대회에서도 카리스마 넘치게 지휘를 했다.

신라 금관을 단순화해서 기하학적인 문양을 만든 미희는 미술 선생님이 너는 꼭 미술을 해야 하니 집에 가서 부모님에게 허락을 받으라고 했지만 잘 되지 않았다. 미술은 돈이 많이 들어서 안 된다며 취직이 잘되는 전문대 간호학과에 갈 거라고 했다. 부모님의 생각인지, 친구의 뜻인지는 알 수 없었다. 선생님은 재능이 아깝다고 여러 번 말씀하셨지만 그 사건은 그렇게 흐지부지 끝났다.

있는 듯 없는 듯 평범했던 나는 한문 선생님이 우렁차게 읊어주는 시조가, 독일어 선생님이 알려주는 독일어 발음과 문법이 재밌었다. 훗날 중국어를 공부하며 느낀 친숙함, 헤르만 헤세와 니체, 슈테판 츠바이크가 쓴 독일 문학을 읽을 때의 까닭 없는 편애가 밋밋하고 희미했던 학창 시절의 그 시간으로부터 시작된 건 아닐까 싶다.

좀 더 날 선 감각으로 나를 감지하고 몰입했으면 어땠을까. 지금도 책을 읽으면 작가의 이름만큼이나 번역가의 이름을 눈여겨보고 세계 문학의 한 축을 아우르는 이들을 나도 몰래 우러른다. 처음과 끝을 관통한 자가 느꼈을 법한 깨달음과 겸손함 같은 것을 기대하는지도 모르겠다. 프톨

레마이오스는 하늘을 연구하며 말했다.

> 나는 한갓 인간으로서 하루 살고 곧 죽을 목숨임을 잘 안다. 그러나 빽빽이 들어찬 저 무수한 별들의 둥근 궤도를 즐겁게 따라가노라면, 어느새 나의 두 발은 땅을 딛지 않게 된다.
>
> —칼 세이건, 《코스모스》

무수한 별들의 둥근 궤도를 묵묵히 따라갔기에 프톨레마이오스는 깨달음을 얻어 기뻤고 그래서 둥둥 떠도는 환희를 맛보지 않았을까. 첫 발견의 소란함은 두 번째 발견에서는 좌절로 다가왔을지 모르지만, 자꾸 소심해지려는 마음을 누르며 의심을 접고 반복을 통해 점차 밀도 높은 알맹이로 변하지 않았을까. 가끔 지난 시간을 돌이켜보면 무척 아쉽다. 후회의 무용함을 모르는 것은 아니지만 어린 시절의 한때와 가능성을 떠올리며 애석해하는 건 어쩔 수 없는 본능일 것이다.

친정집에는 내 나이만큼 오래된 하모니카와 누군가 쓰다 버린 낡은 플루트가 있다. 아버지는 지금도 외로운 밤이면 하모니카를 부르고 황학동 중고서점에서 사 온 플루트

교본을 보며 운지법을 익힌다. 젊은 시절 교회에서 하얀 가운을 입고 성가를 부르던 아빠는 잘생긴 교회 오빠였다. 어릴 적 나는 추수감사절 찬양의 밤에 솔리스트가 되어 찬송가를 부르던 아빠를 기억한다. 내게 《세광 동요 1200곡집》을 사준 아빠의 가슴에는 분명 음악에 대한 열정이 남아 있었다. 그러나 홀어머니의 막내아들로 자란 아빠는 교회 무대에서 노래를 하는 것에 만족해야 했다. 엄두도 못 낼 대학이고 성악가의 꿈이었다. 밤의 뮤지션이 되어 화려하게 하모니카를 연주하고 어설프게 플루트를 부는 아빠는 무슨 생각을 할까.

세상을 향해 후드득 떨어진 밀알이 어디에서 어떤 모습으로 싹을 틔울지 궁금하다. 언제 주인에게 발견될지는 알 수 없다. 조금 이르거나 조금 늦을 수도, 어쩌면 영영 발견되지 못할 것 같아 막막할 수도 있을 것이다. 칼 세이건의 말처럼, 별을 향한 여정에서도 우리는 종종 우회로를 만나곤 한다. 우회로야말로 변화를 추구할 수 있는 효과적인 방편 아닌가. 우회로의 모퉁이에서 길을 잃고 헤매는 대신 그곳에 새 길을 내면 좋을 텐데.

문득 궁금해진다. 하얀색 원피스를 입고 잠실 경기장 한

복판에서 폴짝폴짝 춤을 추던 친구들은 지금 무엇을 하고 있을까. 아마 그들도 각자의 자리에서 자신만의 춤을 추고 있겠지. 다만 그곳에서 모두 안녕하기를.

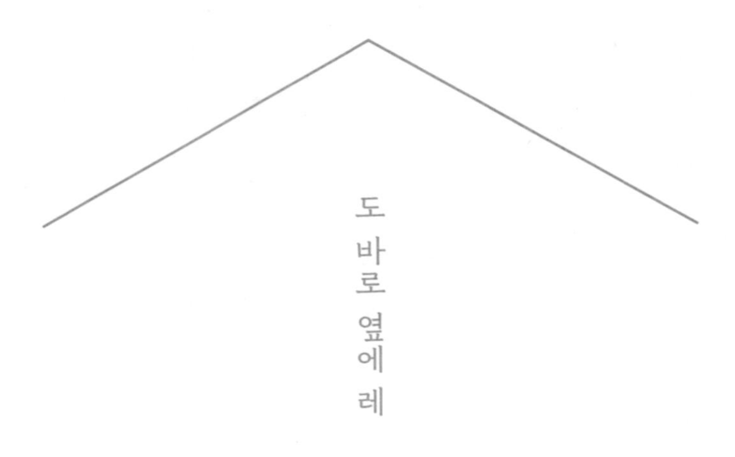

도 바로 옆에 레

우리 집에 온 손님들은 사람이 주인인지 피아노가 주인인지 몰라 당황하기 일쑤였다. 집에 비해 커도 너무 큰 피아노가 안방의 절반을 차지했다. 어릴 적 집에서 찍은 사진의 배경에는 여지없이 피아노가 있었다. 피아노 앞에서 생일 케이크 위의 초를 껐고, 피아노 앞에서 설날 세배를 했고, 피아노 앞에서 예배를 드렸다. 카메라 프레임 안에 피아노가 들어오지 않을 방법은 없었다.

그러나 중학교를 입학할 즈음, 피아노에 대한 나의 열정은 싸늘히 식어 있었다. 차마 피아노를 그만 치겠다는 말은 하지 못했다. 일을 마치고 온 엄마는 열린 피아노 뚜껑을 보며 내가 낮에 피아노를 열심히 연습했다고 생각했고, 나는 엄마가 집에 있을 때면 공연히 자신 있는 곡 하나를 골라 잔뜩 기교를 부려가며 쳤다. 그렇게 영혼 없이 피아노와 나 사이에 놓인 가는 끈을 이어갔다.

그 무렵 피아노 선생님이 내게 광화문사거리에 있는 세종문화회관에서 열리는 오케스트라 공연 티켓을 주었다. 그곳에서 객석에 놓인 붉은 의자와 눈부신 조명, 세상의 모든 악기와 그 악기를 연주하는 연주자, 그리고 단상 위의 모든 것을 손끝에 집중시키는 지휘자를 골똘히 바라봤다. 음악책 마지막 장에서 본 각각의 악기가 지휘자의 손짓에 맞춰 울려 퍼졌다. 거대한 소리가 공연장을 휘감고 나를 휩쓸었지만 공연장을 나오는 즉시 나는 진공관에서 벗어난 듯 허망해졌다.

그 후 학교에서 단체로 파리 나무 십자가 합창단의 공연을 보러 갔다. 오케스트라의 공연을 관람한 경험자로서 여유 있는 표정으로 여린 소년들이 하얀 옷을 입고 미성으로 부르는 노래를 들었다. 맑고 청아했다. 공연장에서 빠져나온 관객은 물론, 각종 언론에서도 이것이야말로 천상의 소리라고 다투어 추켜세웠다. 하지만 이번에도 별다른 감동을 받지 못한 나는 머쓱한 기분으로 혼자 머리를 긁적일 뿐이었다.

나는 공부할 시간이 없다는 핑계를 대며 피아노에서 차츰 멀어졌다. 과도한 기대와 부담 때문에 도무지 음악에 감흥을 느끼지 못하겠다는 궤변을 늘어놓았다. 그에 더해 이 아이는 더 이상 발전이 없을 거라는 피아노 선생님의 냉철한 평가를 들은 엄마는 없는 형편에 더 이상 가르칠 필요가 없겠다는 최종 결정을 내렸다.

"억지로 칠 것 없어. 다 알아. 너 마음 뜬 거. 나중에 시집갈 때 가져가. 혼수 미리 장만했다고 생각하고. 곱게 써. 나중에 네 딸 물려주게."

마치 자신의 꿈이 꺾인 듯 허탈한 표정이 된 엄마는 망설이듯 내게 물었다.

"근데 도가 어디니?"

저렇게 많은 흰 건반과 검은 건반 중에 도가 어디에 있는지 엄마는 궁금해했다. 도만 알면 레는 도 옆에, 미는 레 옆에 있으니까. 그러면 도레미파솔라시도를 칠 수 있으니까.

"엄마, 피아노 가운데 열쇠 구멍 보이지? 거기서 왼쪽으로 두 칸만 내려가. 바로 거기가 도야."

엄마의 굵게 옹이진 손이 도레미파솔라시도를 쳤다. 나는 서랍에서 낡은《어린이 바이엘 상권》을 꺼내 첫 장을 넘겼다.

"여기 봐. 도, 레, 도, 레, 도, 레, 도. 이게 끝이야. 쉽지?"

"정말 그러네."

"엄마, 내일 나 학교에서 올 때까지 열 번 연습해놔. 숙제야."

"열 번이면 금방이네. 백 번도 치겠다."

나는 뒷사람에게 바통을 넘긴 릴레이 선수가 되어 조금은 가벼운 마음으로 피아노와 작별할 수 있었다. 훗날 엄마 말대로 피아노는 나의 혼수 품목 1호가 되었다. 이사 갈 때마다 보물단지 옮기듯 애지중지했고, 거실 가장 좋은 곳에 제일 먼저 피아노를 두었다. 그 위에는 나의 결혼사진, 첫째 아이가 태권도복을 입고 발차기하는 사진, 둘째 아이가 한복을 입고 자기가 만든 송편을 들어 보이는 사진, 두 녀석 중 하나가 진흙으로 빚은 티라노사우루스 한 점, 가족 여행을 다니면서 모은 마그네틱들이 놓였다.

> 삶이란 지평선은 끝이 보이는 듯해도
> 가까이 가면 갈수록 끝이 없이 이어지고
> 저 바람에 실려가듯 또 계절이 흘러가고
> 눈사람이 녹은 자리 코스모스 피어 있네.
>
> —김태원 작사, 〈사랑이라는 이름을 더하여〉

세월은 건잡을 수 없이 지나가버려 서둘러 손을 뻗어 잡으려 해도 시간의 몸뚱이는 저만치 멀어지고 말았다. 시간은 오랜 예열을 거치며 서서히 알게 모르게 속도를 높여갔다. '줄여, 속도를 줄여'라고 말할 수 없었다. 비를 멈출 수 없고, 눈을 더 뿌릴 수 없는 것과 같은 이유로.

인생의 굴곡에서 깊은 만을 그리며 빠져나오지 못하는 때, 어떤 말로도 위로가 되지 않는 때가 누구에게나 있을 것이다. 마침내 그 구간을 지났을 때, 나는 앞으로의 삶은 까짓 괜찮을 거라고, 안 괜찮아도 괜찮을 거라고, 그래야 한다고 믿었다. 어느 정도는 맞았다. 하지만 그게 끝은 아니었다. '삶이란 지평선은 끝이 보이는 듯해도 가까이 가면 갈수록 끝이 없이 이어지고'라는 노래 가사처럼 이어지고 또 이어졌다. 간신히 점을 잇고 숨 고르기를 하고, 굽었던 허리를 펴 밀린 땀을 닦고 있으면, 저 멀리 점 하나가 반짝이며 쉴 틈이 어디 있냐고 어서 줄을 이으라고 다그쳤다. 아마도 나는 그렇게 점 잇기를 계속할 것이다. 더 이상 이을 점이 없어질 때까지.

마른 나뭇가지에 어느새 새순이 돋았다. 여름내 반들거리며 청년의 몸을 자랑할 나무는 가을이면 허물을 벗고 가뭄에 갈라진 논처럼 바삭거릴 것이다. 하늘을 받들던 창창한 나뭇잎은 움츠러들고 뿌옇게 탈색된 채 초라해지고, 마침내 나무엔 가지만 앙상하게 뻗쳐 있겠지. 여름 같은 풍요의 순간이 있었나 싶은데, 봄에서 가을로 훌쩍 넘어온 것만 같은데, 내게도 분명 도난당한 것만 같은 그때가 있었을 것이다. 다만 소중해서, 너무나 소중해서 그리 짧게만 느껴졌나 보다.

PART 3

우리 집 가는 길

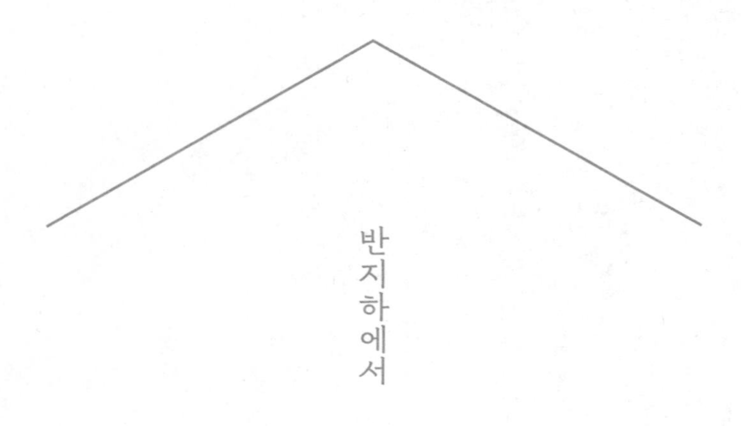

반지하에서

아빠가 사나이의 야망을 품고 일터를 옮기는 순간, 우리 가족은 무허가 불법 점유자가 됐다. 몇 월 며칠까지 퇴거하라고 명시된 독촉장이 날아왔다. 그 후 몇 차례 날짜가 바뀐 똑같은 독촉장이 날아왔고, 마지막으로 받은 독촉장에는 최후통첩이라고 쓰여 있었다. 주인 없는 허허벌판에 벽돌을 올리고 시멘트를 개어 담을 쌓고 슬레이트 지붕을 올렸지만 짓고 산 자에게 아무런 권리가 없는 무허가 주택이었다. 서둘러 이사를 해야 했다. 여러 차례 철거 통지서를 받는 동안 엄마는 집을 구하러 다녔다. 돈이 얼마나 있는지, 얼마나 부족한지, 어떤 금전상의 문제가 있는지 나는 몰랐다. 그저 세상에 집은 저리도 많은데 왜 빨리 이사를 가지 않고 버티는지 답답하기만 했다.

노란 수선화가 흐드러지고 버드나무가 활개 치는 중학교 교실 안, 식곤증이 아이들의 눈꺼풀을 내려앉히는 5교시. 열린 창으로 무엇인가를 부수는 망치 소리와 포클레인이 이리저리 몸을 비트는 소리가 들려왔다. 우리 집이 무너지고 있는 모습이 눈앞에 어른거렸다. 학교를 마치고 한 시간 가까이 걸리는 집을 향해 내달리기 시작했다. 엄마가 길바닥에서 울고 있고 내 책과 언니의 옷이 마당에 던져지는 상상을 했다. 가방은 무거웠고 두 발은 마음대로 움직이지 않고 자꾸 엉켰다. 가쁜 숨을 몰아쉬며 달리는데 눈물이 자꾸 앞을 가렸다. 고개를 몇 번 넘고 구불구불한 골목을 돌자 우리 집이 보였다. 그대로였다, 아직은.

당시에는 오래된 집을 헐고 3~4층 규모의 현대식 연립주택을 짓는 게 유행이었다. 학교 가는 길, 붉은 사루비아 꽃이 모퉁이에 소란스럽게 핀 판잣집도, 선녀 보살이 산다던 점집도, 뾰족한 유리병을 담벼락 위에 심고 가시 철망을 둘둘 감은 부잣집도 모두 헐렸다. 거짓말처럼 여러 집이 동시에 사라졌다. 땅에는 여기저기 굵은 쇠기둥이 박혔고 회색 시멘트 가루가 등굣길을 뿌옇게 물들였다. 인부들이 벽돌을 차곡차곡 올리고 틈새를 메우는 지루한 과정을 오래 구경했다.

집을 철거하겠다는 최후통첩을 받고 얼마 지나지 않아 이곳저곳으로 발품을 팔던 엄마와 아빠는 마침내 우리가 살던 만리동에서 그리 멀지 않은 아현동으로 이사를 가기로 했다. 학교를 오가면서 여러 번 지나친 집이었다.

이사 가기 전날, 우리는 짐 꾸러미들 틈에서 마지막 밤을 보냈다. 잠이나 제대로 잘 수 있었을까 모르겠다. 이사 간 집에서 만날 해와 달, 밤하늘의 별이 내가 늘 보던 해와 달, 밤하늘의 별이 맞을까. 우주는 상상할 수도 없이 넓어서 제아무리 멀리 이사하더라도 길을 잃거나 어긋나지는 않을 터였다. 더군다나 가까운 아랫마을로 이사를 가니 별로 달라질 것도 없을 게 분명했다. 철거업자들 손에 살던 집이 허물리기 전에 우리가 살 곳을 찾아서 다행이었다. 오히려 난생처음 해보는 이사에 마음이 설레었을지도 몰랐다. 눈을 감고 그 집에서의 기억을 하나둘 떠올리며 설핏 잠이 들었던 것 같다.

지하로 향하는 공동 문을 통과하면 우리 집이 나왔다. 집은 빼빼로 상자처럼 길쭉했다. 짧은 한쪽 면에 제법 큰 창과 새시로 된 문이 있었다. 그 문을 열면 안방이 나오고, 안방을 지나면 작은방이, 작은방을 지나면 화장실과 부엌이 순차적으로 나왔다. 나는 마지막에 있는 부엌까지 계속 행진하듯 걸었다. 집 안은 동굴처럼 깊고 어두웠다. 고등학생인 나는 큰 창문이 있는 안방에서 언니와 잤고, 요 하나를 깔면 꽉 차는 작은방에는 아빠와 엄마가 몸을 뉘었다. 그때 나는 당신들이 어둠 속에서 산다는 것을 잘 몰랐다.

빛과 바람이 드는 단 하나의 창으로 소슬히 불어오는 바람을 맞으며 책상에 앉아 라디오에서 흐르는 〈이문세의 별이 빛나는 밤에〉를 들었다. TV는 안 봐도 〈TV 가이드〉는 보고, 화장은 안 해도 〈아모레 향장〉은 읽고, 옷 살 돈은 없어도 잡지 〈쎄씨〉를 보며 옷 입는 방법을 익혔다.

가을바람이 불면 산을 타고 윗마을에서 아랫마을로, 다시 아랫마을에서 연립주택 지하로 바스락거리는 나뭇잎들이 모여들었다. 벌레에 먹힌 상흔을 지닌 플라타너스 잎은 숯불 위의 오징어처럼 몸을 안으로 돌돌 말고 우리 집 현관문 앞까지 굴러왔다. 비를 흠뻑 맞은 나뭇잎은 수분을 머금어 힘이 세졌는지 바닥에 달라붙는 족족 떨어지지 않았다. 아빠는 저녁을 먹고 나면 대나무 빗자루로 거칠게 바닥 긁는 소리를 내며 나뭇잎을 쓸어냈다.

길고 긴 장마가 들고 폭우가 몰아치면 윗동네의 묵은 쓰레기와 산이 녹으며 흘러내린 붉은 흙물이 집 앞 하수구에 밀려와 동심원을 그렸다. 동심원은 점점 커져 현관 문턱까지 차올랐다. 엄마와 아빠는 밤새 비질을 하고 양동이에 물을 퍼서 나르고 긴 꼬챙이로 배수구를 쑤셨다.

몇 번의 고비를 넘긴 아빠는 이제 때를 알고는 장마철이 오기 전 지하실 입구의 턱을 높여 물이 넘쳐 들어오는 것을 막았다. 짓고 고치고 땜질하는 일에 익숙한 아빠는 이 집 저 집 돌아다니며 나무줄기 밑에 그물을 쳐서 떨어지는 잎을 모으고, 벽돌 한 장으로 흐르는 빗물의 방향을 틀었다. 농부가 수확을 위해 매일을 바치듯 계절이 바뀔 때마다 집의 어디를 고쳐야 한 계절을 무사히 넘길 수 있을지 살피고 손봤다. 늦은 밤 이종환의 〈밤의 디스크쇼〉에서 흘러나오는 골든 팝송의 볼륨이 창 너머에서 들려오는 비질 소리와 빗소리, 낙엽 구르는 소리를 집어삼켰다. 참으로 철없는 딸이었다.

> 그때 내가 그녀의 얼굴에서 본 것은, 까닭 모르고 당하는 어느 짐승의 무지한 수난이 아니었다. 그녀는 자신에게 어떤 일이 벌어지고 있는지 충분히 잘 알고 있었다. 모진 추위 속에, 슬럼가 뒤뜰의 미끌미끌한 돌바닥에 꿇어앉아 더러운 배수관을 꼬챙이로 찌르고 있다는 게 얼마나 끔찍한 운명인지를, 내가 알 듯 그녀도 잘 이해하고 있었던 것이다.
>
> —조지 오웰,《위건 부두로 가는 길》

조지 오웰의 르포르타주《위건 부두로 가는 길》에 묘사되는 탄광촌의 집은 무척이나 처참했다. 스물다섯의 젊은 여인은 마흔으로 보였다. 작가는 감옥이라는 갈 곳이 있는데 왜 이런 곳에서 비참하게 사는지 알 수 없다고 심정을 토로했다.

엄마 아빠의 삶도 그때 그곳에서 그렇게 비참했는지, 혹은 그 정도는 아니었는지 나는 잘 모르겠다. 다만 세상을 떠난 엄마와 홀로 남은 아빠가 어린 자식들에게 차마 하지 못한 수많은 이야기가 목구멍에 삼켜졌으리라 조심스레 짐작만 할 뿐이다.

눈치 없는 도둑

대한민국의 고3은 한시적이나마 타인에게 최소한의 배려를 받는다. 공부를 잘하건 못하건 수험생의 마음은 시끄럽고 대개는 울적하다. 제아무리 속이 없고 무심한 척, 괜찮은 척해도 그건 진심이 아니다.

아랫동네에 새로 문을 연 성진독서실에 등록했다. 최신식 건물에 책상마다 조명이 매달려 있고 쿠션감 좋은 의자가 있는 최적의 학습 공간이었다. 그동안 접해본 적 없는 독서실을 오직 고3이라는 이유로 경험했다. 집에서 가까웠고 문을 연 지 얼마 되지 않아 이용자도 그리 많지 않았다. 넓은 공간에 학생 대여섯 명이 서로 멀찍이 구역을 정하고 개인 방처럼 사용했다.

사실 나는 어른들이 말하는 예감, 어떤 일이 일어나기 전에 암시적 또는 본능적으로 미리 느낀다는 그것을 신뢰하지 않았다. 일이 벌어진 후에 내가 그럴 줄 알았다느니, 느낌이 쎄 했다느니 하는 뒷북치는 말은 김빠진 탄산수처럼 맹탕이니까. 하지만 그건 미 체험자의 편견이라는 걸 체험으로 알았다.

다른 날과 다름없이 독서실에 앉아 영어책을 펼쳤다. 일찍이 수포자였던 나는 영어 공부하는 시간을 좋아했다. 그날도《성문종합영어》를 공부하는데 진한 카페인을 다량 복용한 듯, 고함량 에너지 드링크를 연거푸 마신 듯, 지진을 예감한 땅 위의 동물처럼 마음이 갈피를 잡지 못했다.

왜 이렇게 불안하지. 이 서늘한 감정은 뭐지. 나는 집에 무슨 일이 생긴 것 같은 불길한 기분에 휩싸였다. 지금 집에 아무도 없을 텐데. 나는 책을 덮고 집으로 달려갔다. 평온한 집의 상황을 눈으로 확인하고 싶었다. 가슴에 큰북을 울리며 단숨에 도착한 우리 집 까만 현관문이 쓱 하고 열렸다. 이럴 리가 없는데, 누가 왔나? 그 순간 보았다. 누군가 급하게 뒤진 흔적을. 방의 옷장과 서랍장, 화장대 문이 제각각 머리를 내밀고 활짝 열려 있었다. 너무하잖아. 말도 안 돼. 우리 집에 도둑이 들었다고? 우리 집에?

다친 사람이 없으니 천만다행이라는 엄마의 말도, 통장이랑 현금은 이불장 밑에 잘 숨겨두어 도둑이 찾지 못했다는 말도 위로가 되지 않았다. 아빠의 유일한 애장품이자 일찍이 아빠를 아들처럼 사랑한 장로님이 미국으로 이민 가며 선물한 니콘 카메라와 부로바 시계가 없어졌다. 아빠는 그 카메라를 들고 여행 한 번 다닌 적 없었다. 그저 먼지가 앉을까 틈나는 대로 가제 손수건으로 닦고 광을 냈을 뿐이었다. 평생 찰 일 없는 고급 시계는 큰딸이 시집가면 사위에게 주겠다고 꽁꽁 싸매둔 차였다. 우리 집 형편에 어색하기만 한 고급 물건이었다. 마음 편히 들고 나가 사람들에게 자랑도 하고 팔에 두르고 다녔다면 도둑맞지 않지 않았을까. 그 물건은 어울릴 법한 사람에게 간 걸까. 예상치 못한 고가의 물건을 손에 쥔 도둑은 지금 횡재한 기분일까.

우리 집을 타깃으로 삼은 도둑이라니, 좀도둑이 확실했

다. 화장실 창문을 부수고 들어온 도둑은 분명 우리 집의 허술함을 잘 아는 사람, 사면을 둘러싼 연립주택 창문으로 우리 집 식구들이 하나둘 집을 비우고 나가는 모습을 내려다본 이웃임이 분명했다. 없는 사람들끼리 너무한 거 아닌가. 비열하고 치사한 짓이라고 퍼붓고 싶었다.

나의 불길했던 예감은 그렇게 현실로 끝났다. 독서실의 노란 형광등 아래서 느낀 불안은 그 전에도, 그 후에도 없었다.

> 꽃에 뿌리가 필요하듯, 위의 별 좋은 세상이 있으려면 그 아래 램프 빛 희미한 세상이 필요한 것이다.
>
> —조지 오웰,《위건 부두로 가는 길》

왜 꽃이 아니고 뿌리여야 하는지, 왜 별 좋은 세상이 아니고 그 아래 희미한 세상이 내 것이어야 하는지, 저 밑에서 위에 있는 모든 것을 향해 항변하고 싶었다. 망가진 화장실 창문을 고치는 아빠를 보며 나는 내시경 튜브가 지나가는 목구멍 같은 집에서 한시라도 빨리 탈출하고 싶었다.

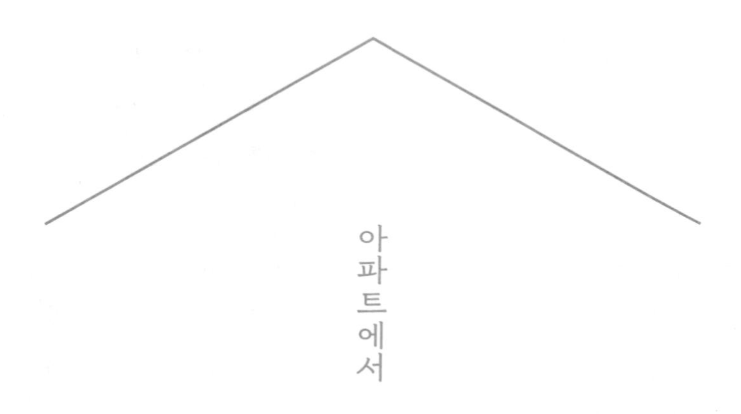

아파트에서

네모반듯한 내 집을 꿈꾸는 엄마는 날마다 집을 사서 이사 갈 거라고 이야기했다. 늘 '곧'이었고 '조만간'이었다. 하지만 내 집을 갖는 일이 그렇게 순탄하지는 않았다. 당분간, 정말 당분간만 고모 집에서 신세를 져야 한다고 했다. 그렇게 우리 가족은 고모가 사는 영등포의 한 아파트에서 살게 됐다.

마포에 있는 고등학교에서 영등포에 있는 아파트까지

통학해야 하는 내게 엄마는 미안해했지만 나는 애써 괜찮다고 했다. 오가는 시간이 아까울 정도로 공부를 열심히 하는 것도 아니고, 차라리 버스를 타고 이곳저곳 하릴없이 돌아다니는 시간이 더 좋았기 때문이다. 버스에 앉아 창밖을 내다보면 마음이 저 깊은 어느 곳에 가닿았다.

반년 남짓 고모와 함께 보낸 나의 아파트 생활은 늦은 저녁과 밤 사이의 어느 순간처럼 음 소거된 흑백 화면 몇 컷으로만 남아 있다. 그 집은 우리 가족이 살던 곳과 비교할 수 없이 따뜻해서 한겨울에도 반팔 티셔츠를 입었고, 대체 옆집에 사람이 살긴 하는지 의심스러울 만큼 조용했다. 앞집 민희가 엄마한테 혼나는 소리도 들리지 않고, 태우 오빠네 저녁상에 오른 사골국 냄새도 맡아지지 않았다. 꽉 밀폐된 공간에 갇힌 듯 내 목소리마저 크게 들렸다.

한겨울에도 화장실은 봄이었다. 자다가 일어나 화장실 변기에 앉아도 화들짝 깨지 않고 비몽사몽 잠을 이어갈 수 있고, 마음만 먹으면 욕조 가득 뜨거운 물을 받아 몸을 담글 수도 있었다. 고모가 우리 가족에게 야박했다거나 눈치를 주며 더부살이 취급을 한 것도 아니었다. 다만 발꿈치로 쿵쿵 걷지 말고, 초인종이 울려도 뛰지 말라고 주의를 받는 정도였다. 그렇게 뛰면 아래층에서 시끄러워한다면서.

그러나 나는 아파트 생활에 무지했고 행동은 부주의했다. 발끝을 세워 걷다가도 자주 잊고 쿵쿵거렸고 전화벨이라도 울리면 뭐가 그리 급한지 부리나케 뛰었다. 고모의 잔소리를 듣는 딸이 안타까워 엄마는 더욱 모질게 나의 행동을 나무랐다.

아파트 단지마다 어릴 적 그렇게 동경하던 놀이터가 있었지만 이미 때는 늦은 뒤였다. 한창 예민한 사춘기 고등학생이 된 나는 인간의 수명이 딱 스무 살인 것처럼 살았다. 그만 살아도 그만이었다. 앞으로 닥칠 내일과 모레 그리고 미래가 앞뒤로 꽉 막힌 고층 아파트만큼이나 숨 막히게 답답했다.

안데르센의 동화 《공주와 완두콩》의 배경이 되는 성에 한 아가씨가 찾아와 자신을 공주라고 소개했다. 이를 의심한 왕비는 침대 밑에 작은 완두콩 한 알을 놓은 다음 그 위에 매트리스 열두 개, 오리털 이불 열두 겹을 깔고 아가씨를 재웠다. 다음 날 아가씨는 침대에 딱딱한 게 박혀 있어 한숨도 자지 못했다며 불평했다. 이를 본 왕비는 진짜 공주라야 그렇게 예민할 수 있다며 비로소 그녀를 공주로 인정

하고 아들과 결혼시켰다. 공주는 평범한 사람과 다른 민감하고 섬세한 감각을 가졌을까. 그래서 유독 불편했을까. 인간의 신분에 따른 차이를 풍자한 말도 안 되는 이 동화의 관점에 따르면 나는 분명 공주가 아니었다. 내가 살던 만리동2가 산꼭대기에서도, 아현동의 축축한 지하방에서도 솜이불 하나만 덮으면 달게 잤다. 엄마 젖을 배불리 먹어 세상을 다 가진 신생아처럼. 순백의 차르르한 고밀도 120수 면이나 포근해서 잠이 절로 든다는 최고급 구스다운 호텔 침구가 부럽지 않았다. 그러나 처음 살아본 고급 아파트에서 지내는 동안 나는 딱딱한 완두콩 열 알이 박힌 홑이불 위에서 자는 듯이 불편했다.

하교 후 버스를 타러 공덕동 쪽으로 가면 고소한 기름 냄새가 가득한 빈대떡집과 전집이 늘어선 전 골목이 나왔다. 전국적인 명소라서 명절을 즈음해서는 발 디딜 틈이 없었다. 생선전, 고추전, 호박전, 꼬치전 등 각종 전과 두툼한 빈대떡을 사려는 사람들이 바구니를 들고 길게 줄을 섰다. 방금

만든 가지각색의 전을 바구니에 신중하게 담았다. 종류별로 한 개씩만 담아도 바구니가 순식간에 넘치고 입에서는 침샘이 후드득 터졌다. 모둠전을 안주 삼아 막걸리 한잔하러 모인 사람들의 왁자지껄함을 뒤로하고 공기 중에 떠도는 기름 냄새를 맡으며 버스를 기다렸다.

버스를 타고 마포대교 가는 길, 계절마다 화려함을 갈아입는 마포 가든호텔이 인생은 아름다우니 마음껏 즐기라고 유혹했고, 최첨단 정보통신 회사 데이콤이 곧 깜짝 놀랄 미래가 열릴 거라고 예언했다. 황금 비늘을 반짝이는 63빌딩이 돈이 다는 아니지만 돈은 있어야 하고 많으면 더 좋은 거라고 알려줬고, 저 멀리 보이는 둥근 지붕의 국회의사당이 불안한 현재와 알 수 없는 미래를 지킬 수 있는 건 바로 너 자신밖에 없다고 말했다. 나는 붉어지는 석양이 무서워 버스 의자 밑에 몸을 숨기고 싶었다. 그럴 때면 두 눈을 꼭 감았다. 눈꺼풀 위로 영등포 고가 차도가 무거운 그림자를 드리워 주변 온도가 1도쯤 떨어지면 설핏 실눈을 떴다. 버스는 영등포사거리를 지나고 있었다. 버스 정류장에 내려 길어진 그림자를 밟으며 걸었다.

고층 아파트 숲으로 들어가 계단을 오르고 무거운 철문

을 소리 안 나게 닫고 발꿈치를 들고 방으로 들어갔다. 밤이 되어 건너편 동에서 비치는 불빛이 자주 숨기고 싶은 눈물을 비추었다.

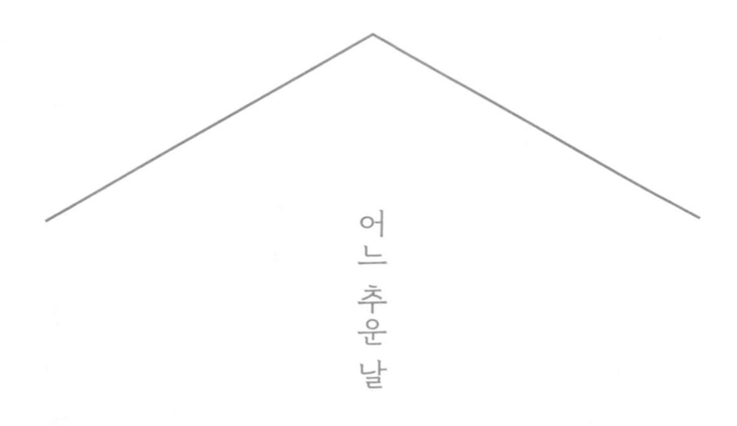

어느 추운 날

시험 보는 날은 춥다는 속설은 사실이었다. 학력고사를 마치고 교문 밖으로 나서는 수많은 인파 속에서 추위에 떨며 두리번거리는 언니가 보였다. 슬쩍 내 안색을 살핀 언니는 명동에 가자며 나를 끌었다. 시험을 마친 학생들은 막힌 봇물이 터지듯 번화가인 명동으로 몰렸다. 일부는 해방감에, 일부는 시험을 망친 괴로움에 부모의 얼굴을 차마 볼 수 없어 밤거리를 헤맸다. 졸업식 날이나 이삿날 짜장면을 먹는 것과 비슷한 이유였다.

공부에 열정적으로 몰입하지 못했던 나는 그다지 힘들지도 긴장하지도 않았다. 덤덤했고 아직 힘도 조금 남아 있었다. 언니는 그래도 고생한 동생이 안타까웠는지, 자기가 직장을 다니느라 무심했다며 살뜰히 챙겨주었다.

몇 대째 내려온다는 명동 제일백화점 근처 유명 음식점에 갔다. 곧 밑반찬 몇 개가 테이블에 놓였다. 아주머니의 기계적인 동작에서 오는 불친절한 서빙에 차라리 마음이 편해졌다. 낡은 테이블에 매립된 가스불 위에 오징어 섞어찌개 냄비를 올리고 불을 켰다. 국물이 자작하게 졸아들자 언니와 나는 말없이 오징어섞어찌개에 밥을 먹었다.

식당 안에 켜진 텔레비전에서는 오늘 치러진 학력고사 난이도에 대한 분석 뉴스가 나왔고, 뒤이어 전국의 대학에서 시험을 마치고 교문을 나서는 학생들의 지친 표정과 문 밖에서 발을 동동 구르고 하얀 입김을 내뿜으며 기도하는 어머니들의 모습이 교차 편집되어 비쳤다. 현장에 나가 있는 기자는 밖으로 나오는 학생 한 명을 붙들고 시험이 어땠는지 인터뷰했고, 그 학생은 어떤 과목은 평소와 비슷했고 어떤 과목은 조금 더 어려웠다며 개인적인 분석을 덧붙였다. 이후 학력고사위원회 위원장으로 보이는 시험 관계자가 나와 난이도 설정에 만전을 기했다며 짐짓 만족한 듯한 표정을 지어 보였다. 마지막으로 학력고사가 치러진 오늘 하루의 영상이 감동적인 배경 음악에 실려 파노라마로 흘러나왔다. 경찰 오토바이를 타고 시험장에 도착하는 학생, 정문이 닫히는 순간 아슬아슬하게 시험장에 들어가는 학생, 길바닥 위에서 부모님을 향해 넙죽 큰절을 올리는 학생, 차가운 교문에 진갈색 갱엿을 붙이고 간절히 기도하는 수험생의 어머니, 북을 치고 꽹과리를 울리며 선배님들의 만점 획득을 독려하는 후배들, 뜨거운 포트에 각종 차를 타서 수험생과 학부모의 얼어붙은 마음과 손을 녹여주는 선후배 어머님들, 각종 유인물을 경쟁적으로 나눠주는 재수학원 알바생들을 담은 화면이 겹겹이 쌓였다. 그렇게 한 해를 마무리 짓는 나라의 큰일 학력고사가 막을 내렸다.

나는 짐짓 고등학교 졸업을 앞둔 예비 어른의 입맛으로 오징어섞어찌개를 맛보려 했지만 아무 맛도 느낄 수 없었다. 아무 맛도 아닌 것이 어른의 맛이라면 제대로 맛을 본 셈이었다.

"예쁜 거 있으면 골라. 언니가 사줄게."

"괜찮아, 나중에. 오늘은 걸어가면서 구경만 할래."

언니는 식당 옆에 있는 제일백화점에서 옷도 사고 화장품도 고르라고 했지만, 나는 괜찮다며 사양했다. 그런 호사를 누릴 명분이 내게는 없었다. 쇼윈도에 걸린 옷을 구경하며 명동 중앙로 쪽으로 갔다. 을지로입구 방면으로 가는 길, 유리벽 너머로 아주머니 두세 명이 능숙하게 충무김밥을 싸는 모습이 보였다. 쌀밥을 김으로 도르르 만 엄지손가락 크기의 김밥에 굵은 고춧가루 베이스로 새콤달콤하게 양념한 오징어와 납작하게 막 썬 무를 이쑤시개로 찍어 먹으면 일품인 그 맛.

"이거 엄마 아빠 사다드리자."

어둠이 짙어지는 밤, 하얀 종이에 포장된 명동 충무김밥을 들고 내리다 만 눈이 얼어 미끄러운 길을 언니와 나는 총총 걸었다.

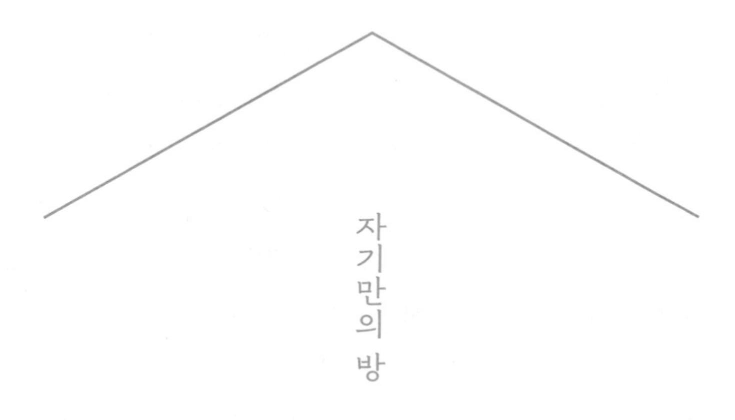

자기만의 방

통신의 목적을 달성하기 위해 꿈쩍 않고 서 있는 지붕 위의 안테나처럼 내 집 장만이라는 꿈을 향한 엄마 아빠의 결연한 의지는 한 치의 흐트러짐이 없었다. 그 꿈을 꾸기 시작한 오래전부터 우리 가족이 직면한 현실은 팍팍했다. 무주택에서 벗어나는 마지막 문턱을 넘지 못해 자주 절망했고 그때마다 다시 일어나야 했다. 당신들은 늙어가고 자식들은 장성해 머지않아 집을 떠날 텐데, 이렇게 이룬 것 하나

없어서야 큰아이 시집보내기 전에 내 집을 가질 수 있을까. 그동안 집 장만하겠다고 악착이나 떨지 않았다면 억울하지나 않을걸. 무심히도 가파르게 오르는 집값은 내딛는 발걸음 수만큼 멀어져 영영 닿을 수 없을 것 같았다.

내 집 장만을 향한 엄마의 간절한 바람은 모두의 바람이 되었다. 조그만 여자, 날마다 늙고 작아지고 쇠잔해져가는 여자의 평생소원이 내 집 하나 갖는 거라는데, 이사 갈 걱정하지 않고 마음 놓고 쓸고 닦고 싶다는데. 그게 뭐라고, 그게 무슨 과한 욕심이라고 그토록 가닿기 어려운지 나는 그녀의 갈망에 동조하지 않을 수 없었다. 동시에 그깟 집이 내 소유인 게 무슨 의미가 있다고 목을 매는지, 자식들 건강하게 잘 크면 만족하고 살아야지, 세상에 힘들고 어렵게 사는 사람이 훨씬 더 많은 거 모르냐고, 건강에 퍽이나 좋겠다며 몸이 약한 엄마를 힐난했다.

나중에는 맞든 틀리든, 이해할 수 있든 이해할 수 없든 상관없었다. 그런 건 중요하지 않았다. 그저 엄마의 소망이 한 번만 이루어지기를 바랐다. 무언가를 부탁하는 간구라고 하기에는 너무 거칠고 대부분 화와 분노로 가득한 기도였지만 그래도 기도했다. 제발 우리 집을 갖게 해주세요.

엄마 소원이 이루어지게 해주세요.

그리고 마침내 그날이 왔다. 평생의 염원이자 당찬 야망이 비로소 이루어졌다. 부모님 두 분 모두 쉰을 훌쩍 넘긴 뒤였다. 우리 가족은 만리동과 아현동을 지나 관악구 봉천동이라는 낯선 동네에 발을 디뎠다. 낙성대 전철역 인근의 주택가였다. 엄마가 숱한 밤 공중에 짓다 부수다를 반복했던 무형의 집이 손으로 만져지는 유형의 집이 되었다. 그것이 우리 집이라는 사실이 어색했다.

상상의 빈약함 때문인지, 실망을 예감해 소심하게 기대한 탓인지 상상과 기대보다 훌륭했다. 〈우리의 소원은 통일〉이라는 서글프고 때로는 권태로운 노래처럼 '엄마의 소원은 내 집 갖기'라는 노래는 서글프고 권태로웠지만 결국 소원은 이루어졌다. 분명 우리 집이었다. 커다란 창문으로 일렁이는 햇빛이 방 안 가득 비추는 집.

"집은 반듯해야 해. 뾰족하게 각진 집은 기운이 험해서 안 돼. 무엇이든 바르고 반듯해야 거기 사는 사람들이 순하게 잘 산다."

엄마는 수시로 자신이 꿈꾸는 집을 언니와 내게 설명했다. 귀에 딱지가 앉을 지경이었다. 오랜 인내 후에 얻은 친애하는 우리 집은 엄마의 바람대로 네모반듯했다. 철제 대문이 양쪽 벽돌 기둥 사이에 의젓하게 서 있었다. 문을 열고 들어가면 오른쪽으로 대여섯 개의 계단이 있고, 그곳을 오르면 현관문이었다. 신발을 벗고 거실로 들어가면 정면에 주방이 있고, 왼쪽으로 들어선 안방이 큼직했다. 현관문 바로 옆 문간방은 내가, 그 옆에 제법 큰 방은 언니가 사용하기로 했다. 언니 방에는 미닫이 붙박이장이 있어 그 문을 열면 다락으로 올라가는 계단이 나왔다.

엄마가 당신의 집을 소원하듯 나는 나만의 방을 꿈꿨다. 내 방에는 두 면의 벽에 커다란 창문이 있었다. 그 창문을 통해 바라본 첫날의 바깥 풍경은 눈부셨다. 현관 쪽으로 난 창을 열면 옆집 담과 그 집 안뜰이 조금 보이고, 우리 집 마당으로 가는 좁은 길과 현관에서 올라오는 계단이 보였다. 골목으로 난 창을 열면 거리의 노란 가로등과 앞집 이층 베란다가, 팔베개를 하고 누우면 뾰족한 앞집 지붕과 그 주위를 감싸는 낮은 산과 파란 하늘이 한눈에 들어왔다. 아현동 집처럼 언니와 내 방에만 창문이 있는 게 아니라 집의 모든 방에 창문이 있었다.

어떻게 보면 지하이고 어떻게 보면 일층 같은 주차장 공간에는 방과 화장실을 만들기로 했다. 차가 없던 우리 가족에게 주차장은 필요 없었다. 세를 줄 계획이었다. 셋돈은 매달 은행 빚을 갚는 데 요긴하게 쓰였다. 학교를 졸업하고 사회생활을 시작한 언니는 부족한 생활비를 보탰고, 엄마는 허리띠를 졸라가며 빚을 갚았다.

퇴근한 아빠와 학교에서 돌아온 나는 목장갑을 끼고 집을 지었다. 보일러를 깔고 화장실 타일을 붙이고 바깥벽에 붙일 벽돌을 나르고 무너진 곳을 세우고 고장 난 부분을 고치고 벗겨진 부분을 칠하고 때우고 쓸고 닦았다. 날마다 집의 모양새를 갖추고 쓸모를 더했다.

봉천6동 집은 우리 집이 분명했다. 가족 구성원 모두의 곡진 사연과 어느 만큼의 희생을 품고 있으니 공동의 집이라 할 만했다. 친애하는 나의 집이 아니라 친애하는 우리 집이었다.

공동체적 삶을 택한 이상, 어느 정도의 사생활 침해는 감내해야 하는 것일까? 김현경이 《사람, 장소, 환대》에서 말한 것처럼 공동체 정신을 추구하는 것과 사생활의 자유를 갖는 것 사이에는 본디 아무 모순도 없다. 개인에게 자리를 마련해주고 그의 영토에 울타리를 둘러주는 것이 바로 공동체의 역할인 까닭이다.

노동을 한 개인들은 서로의 육체를 아끼고 정신을 놓아 주었다. 지친 몸을 누이기를, 혼자서 온전히 자유롭기를, 타인에게 방해받지 않기를, 편히 쉬기를. 각자의 방에 안전한 울타리를 치고, 우리라는 이유로 무례한 침입자가 되지 않기로 했다. 우리는 한 번도 가져보지 못한 우리 집에서 저마다 '자기만의 방'을 가진 주인이 되었다. 하늘을 담을 창문이 있어 바람도 달도 해도 방주인만 허락한다면 언제든 놀다 갈 수 있었다. 우리 방은 그들로 날마다 북적거렸다.

아빠와 집짓기

간절함으로 맞이한 집은 각별했다. 우리 가족은 눈만 뜨면 집을 고치고 또 고쳤다. 네가 정녕 우리 집이 맞느냐. 심 봉사가 네가 내 딸 청이가 맞느냐며 딸의 얼굴을 쓰다듬듯 집의 이곳저곳을 어루만졌다.

우리 집은 오래도록 공사 중이었다. 모래와 시멘트 가루가 공기 중에 날렸고 뒤섞인 회색빛 물이 바닥에 흥건했다. 아빠는 퇴근하자마자 작업복으로 갈아입고 일을 시작했다. 누구보다 발 벗고 나서서 쓸고 닦고 싶었을 엄마는 쇠약해진 몸으로 아빠와 내가 일하는 모습을 창문 너머에서 지켜보다가 느릿느릿 내려와 한마디 하고는 들어갔다.

아빠는 체에 밭치고 물에 갠 시멘트를 흙손에 덜어 벽의 틈을 메우고 속이 훤히 드러난 벽을 덮었다. 붉게 녹슬어 원래의 색을 알 수 없던 철제 대문은 자르르 광택이 나는 진한 초콜릿색 문으로 변신했다. 그 골목에서 유일한 새집처럼 보였다. 마당 구석에 실과 평형을 맞추어 꽃과 상추를 심을 턱을 만들고 땅을 일구어 감나무 묘목과 각종 채소 모종을 심었다. 해가 완전히 사라져 앞이 안 보일 때까지, 집 안 불빛이 더 이상 도움이 안 될 때까지 바깥일을 했다.

저녁밥을 먹고 나면 밖은 어두워졌다. 나른해진 아빠와 나는 피로를 털고 일어나 집 내부를 손봤다. 내가 거실 바닥 전체에 신문지를 넓게 펴서 깔면 아빠는 그 위에 사다리를 놓고 올라가 천장을 수리했다. 직사각형 나무 조각을 정사각형 테두리 사면에 붙이고 그 안을 열십자로 메운 뒤 빈 공간을 작은 나무 조각으로 채운 격자무늬가 퍼즐처럼 이어진 옛날 양옥집 천장이었다. 아빠는 오래되어 사이사이 때가 끼고 찌든 나무 조각을 떼어내거나 사포로 문지르고 벌어진 틈새를 메웠다. 그러고는 그 위에 니스를 칠했다. 한 번 칠한 니스가 마르면 다시 또다시 여러 번 덧칠해서 윤을 냈다.

"아빠, 이제 그만 칠하면 안 돼? 목 아프잖아. 한 번 칠했으면 됐지."

"이렇게 해야 나무가 튼튼하고 오래가지. 한 번 칠한 곳과 두 번 칠한 곳, 여러 번 칠한 곳이 이렇게 다르다. 여기 좀 봐. 어때, 반지르르하지?"

아빠는 마침내 세입자가 아닌 집의 소유자, 집주인으로 거듭났다. 그날을 꿈꾼 적은 많지만 크게 기대하지는 않았다. 헐벗은 자신의 신분이 왕자로 바뀐 것처럼, 어느 날 나타난 재벌 할아버지가 너는 나의 유일한 상속자라고 말하는 것처럼, 주운 복권이 당첨된 것처럼, 내 집을 갖는 건 비현실적인 상상이었다. 실망 많고 무엇 하나 쉽지 않은 인생이었기에 가당치 않은 욕심은 품지 않았다. 그저 주어진 하루에만 만족했다.

이제 당신 이름으로 된 집을 가진 아빠는 날마다 힘이 솟아나는 것 같았다. 나는 학교에서 돌아오는 대로 아빠를 도와 벽돌을 나르고, 아빠 얼굴에 매달린 짜고 질척한 땀을 닦고, 얼음을 띄운 미숫가루를 타다 드렸다. 언젠가는 지붕 갈이를 하는 아빠를 도와 흔들리는 사다리를 꼭 붙잡고 위태롭게 디딘 아빠의 상처투성이 다리와 여기저기 빠지고 두꺼비처럼 자란 검은 발톱을 보며 몰래 울었다.

우리 집은 좋으면서 슬펐다. 비바람에 지붕이 들썩이고 송충이가 비처럼 내리던 만리동 집, 중학생이던 어느 봄 교실 창문을 타고 환청처럼 들린 포클레인 소리와 엄마의 울음소리에 러너가 되어 달린 길, 세상 모든 낙엽이 모여드는 반지하 연립주택을 지나서 마침내 갖게 된 우리 집이었다.

미국 서부의 광활한 대초원에 가난하지만 사랑스러운 로라네 가족이 살았다. 자상한 아빠와 현명한 엄마, 그리고 그들의 어린 자식인 로라, 메리, 이라이자가 주인공이었다. 일요일 아침 MBC에서 방영한 〈초원의 집〉에 나오는 로라네 가족은 허허벌판에 오두막을 짓고 농사를 지어 먹을 것을 해결하고 옷을 만들어 입고 밤이면 인디언과 들짐승, 극심한 자연재해로부터 서로를 지켰다. 수시로 닥치는 어려움은 사랑과 용기로 해결했다.

로라네 가족은 사우스다코타주 드스메트에 정착할 때까지 포장마차를 타고 멀고 먼 길을 옮겨 다니며 수없는 날을 거친 초원 위에서 보냈다. 마침내 마땅한 터를 발견하고 집을 짓고 방을 꾸미고 크리스마스 양말을 걸어놓으며 안락한 삶을 꿈꿨지만, 사실 그곳은 인디언 보호구역이었고 결국 강제로 쫓겨났다. 어떤 해에는 애써 기른 농작물을 수확하기 직전 메뚜기 떼에게 먹혀 수확은커녕 서둘러 이사를 해야 했다. 그러나 누구도 서로를 탓하지 않고 자신의 자리를 지켰다. 매일 먹는 옥수수빵에도 감사했고, 감자는 고기 국물이나 버터보다 소금에 찍어 먹어야 더 제맛이라며 기쁘게 먹었다. 로라네 가족이 사는 초원의 집을 보면 우리 가족이 떠올랐다. 무허가 주택에서 나와 이사를 다닐 때도 저녁 무렵 김이 모락모락 풍기는 김칫국에 밥을 말아 먹으면 세상에 부러울 것이 없었다.

아빠와 나의 손길이 묻은 집에서 대학을 졸업하고 신입사원이 되어 출근하던 날, 같은 시간, 같은 지하철, 같은 칸에 탄 남자를 만났다. 같은 동네에 사는 인상이 선해 보이는 남자였다. 우리는 출근길에 만나서 잠시 얼굴을 봤고 퇴근 후 오래 만났다. 그리고 결혼했다. 진한 초콜릿색 대문이 있는 골목으로 얼굴에 오징어를 뒤집어쓴 함진아비가 왁자지껄하게 소란을 피우며 걸어왔다.

"함 사세요, 함 사요."

동네 사람들은 조용하던 골목에서 벌어진 재미난 광경을 구경하느라 다투어 머리를 내밀었다. 결혼식 전날 부모의 품을 떠난다는 생각에 잠 못 이룬 밤을 보낸 집, 딸의 통금 시간을 9시로 정해 다 자란 딸을 간섭하고, 해만 뜨면 방문을 두드리며 게으르면 가난하게 산다고 딸의 단잠을 깨우던 엄마와 아빠가 있던 집, 온 가족이 합동작전으로 완성한 집. 그곳은 친애하기에 마땅한 우리 집이었다.

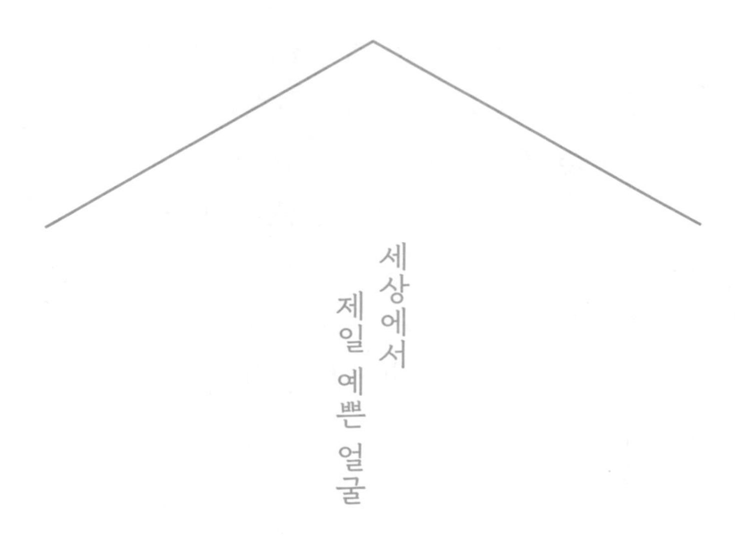

세상에서 제일 예쁜 얼굴

12월의 어느 날, 5월의 해처럼 따뜻한 남자를 만났다.

"퇴근 후 만나실래요?"

"그럴까요."

같은 시간에 같은 지하철의 같은 칸을 탄 같은 동네에 사는 여자와 남자는 결혼을 했고, 여자는 남자의 집에서 살림을 꾸렸다. 운명적인 만남 이전에 스친 기억도 만난 적도 없지만 알고 보니 동네 사람이었다.

결혼 후, 우리 부부의 출근길 아침은 분주했다. 러시아워에 걸려 지하철 2호선 푸시맨이라고 불리는 사람에게 짐짝처럼 떠밀리지 않으려면 서둘러 지하철을 타야 했다. 바쁜 걸음으로 지하철역을 향해 가는 길에 헐떡이며 걷고 있는 엄마를 만났다.

"엄마, 아침부터 어디 가?"

갈피를 못 잡고 머뭇거리던 엄마는 허공을 가리키며 손짓했다.

"저기."

"응. 엄마 잘 가."

그때의 나는 엄마의 말을 곧이곧대로 믿었다. 엄마가 가려던 곳이 '저기'라고. 하지만 이십여 년의 세월이 흐르고 난 지금, 엄마가 가려던 곳이 '저기'가 아니라 몰래 딸의 모습을 바라보던 골목이라는 것을 알게 되었다. 엄마는 지나가는 딸을 보기 위해 골목 모퉁이에 몸을 숨기곤 했던 것이다. 차라리 영영 모를걸, 몰랐으면 좋을걸, 이제야 알아버렸다. 그때의 나는 왜 그렇게 바쁜 척만 하며 주위를 둘러보지 않았을까. 봉천6동 낙성대역으로 가는 출근길에 만난 엄마는 초췌하고 초라했다. 사위를 만나리라 예상하지 못해 당황하고, 남몰래 일을 꾸미다 들켜 난감한 얼굴이었다. 그때의 엄마 얼굴이 떠오르면 아직도 애달파진다.

학력고사 전기 시험에 떨어졌을 때도, 입사 시험에 연달아 떨어졌을 때도, 자식을 키우며 자책하고 좌절할 때도, 엄마는 나를 살리는 무사였고 전사였다. 나는 매번 엄마의 눈빛에 항복했고 나약한 마음을 접었다. 하루가 무탈하기만을 바라는 딸과 주어진 하루가 소중해서 감사와 환희가 넘치는 엄마의 눈빛은 달랐다. 어린 나보다 형형했다.

몸의 기능을 조금씩 잃어가며 쇠약해진 엄마의 검은 눈동자는 누렇게 변한 흰자위 한가운데서도 기세와 위엄을 잃지 않았다.

"네 나이면, 너처럼 건강하면, 너만큼 배웠으면 세상 부러울 것 없겠다. 그게 그렇게 어렵니. 이 악물고 해봐. 세상에 마음먹으면 못 할 일이 뭐가 있겠니. 도전해봐. 안 되면 다시 하면 되지. 될 때까지 하면 되지. 해봐. 엄마가 밤낮으로 숨 쉴 때마다 기도할게."

초등학교도 제대로 나오지 못한 엄마는 손에서 성경책을 놓는 법이 없었고 아침이면 일간신문을 읽었다. 경제면에 오래 머물며 주요 경제 기사를 스크랩하고 세계 경제의 흐름을 살폈다. 낯선 경제 용어나 새로운 금융상품이 나오면 수첩에 적어 수시로 은행 직원에게 물었다.

"너, 펀드 하니?"

"펀드가 뭔데."

"젊은 애가 어쩜 그리 무식하니. 신문 좀 읽어라. 드라마만 보지 말고."

엄마와 나의 대화는 늘 그랬다.

세월이 흘러 나도 엄마의 나이를 지나고 있다. 동안 미모는 둘째치고 나이에 맞게만 봐줘도 고맙기만 한 마음이다. "정말 어려 보이세요" "동안이세요"라고 말하는 사회생활 잘하는 후배들에게 "무슨, 말도 안 돼. 농담도 잘해"라며 멋쩍게 넘기고 만다. 우아함에 멋을 얹어 늙어가려 했지만 노화는 서둘러 찾아왔다. 자고 일어나도 몸은 개운하지 않고, 두 눈은 퀭하고, 영혼은 장기 외출 중인 듯 멍하고, 눈가의 주름은 아코디언 같아 구슬픈 재즈가 구성지게 흘러나오는 상태가 되었다.

세월의 변화에 마지못해 익숙해질 무렵이 되니 대로변에서 쪽파를 다듬거나 고구마순을 벗겨 파는 노인의 모습이 유독 눈에 들어온다. 인간이 손의 쓰임을 다 셀 수 있을까. 우리는 손으로 몇 가지 일을 할 수 있을까. 신은 사람의 몸에 달린, 열 개의 손가락을 가진 두 개의 손이 이토록 생산적일 거라고 상상이나 했을까. 손톱 밑이 새까맣고 마디마디 옹이진 노인의 손은 나도 모르게 엄마에 관한 기억을 소환해내기 일쑤다. 지문이 닳도록 쓸고 닦는 엄마를 보며 할머니는 말씀하셨다.

"그렇게 쓸고 닦으면 복 달아난다. 그래서 니가 아들이 없는 거다."

며느리에게 모진 소리를 하던 할머니는 엄마 손으로 만든 김치만 드셨다.

"난 네가 해준 김치만 입에 맞다. 입맛이 없다가도 네가 해준 나박김치 국물만 있으면 밥이 술술 넘어가."

엄마는 아현시장에서 배추, 얼갈이, 알타리, 갓, 무 따위를 분홍 보자기에 싸서 머리에 이고 만리동 고개를 넘어 집에 왔다. 다듬고 씻어 온갖 양념을 해 김치를 담그면, 다시 머리에 이고 할머니와 고모에게 갖다줬다. 엄마의 균형감각은 경사진 길에서도 흐트러짐이 없었고 멀리서 오는 버스를 잡으러 부랴부랴 뛸 때도 끄떡없었다.

엄마를 생각하는 내 얼굴에는 늘 행복, 슬픔, 분노, 그리움이 조금씩 섞여 있다. 행복의 순간에 불현듯 두려움과 슬픔, 분노 같은 감정이 소리 없이 밀려오듯, 검은 하늘에 박힌 별처럼 이름 모를 무수한 감정이 잘게 부서진다. 문득 커다란 보따리를 이고 가는 엄마의 걸음걸이가 떠올라 웃음보가 터지다가도, 젊은 시절 출근길에서 부닥친 엄마의 깜짝 등장에 반가워지다가도, 눈에서 눈물이 그렁그렁해지고 마음에는 서러움과 분노가 서로 싸우며 으르렁댄다. 그렇게 한바탕 다 울고 나면 다시 푸른색 그리움이 꼬리를 휘젓는다. 젊음에 겨워 눈부신 천 개의 얼굴이 세월을 타고 넘으면 한 개의 엄마 얼굴이 된다.

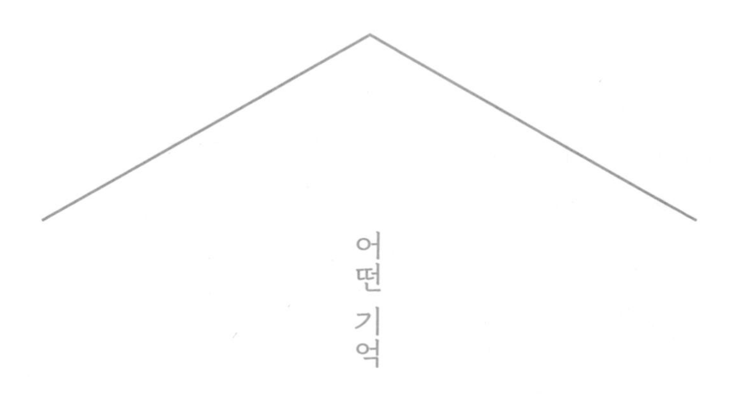

어떤 기억

서른세 살에 어디를 여행하셨나요, 마흔하나일 때 가장 큰 관심사는 무엇이었나요, 라고 묻는다면 글쎄요, 잠깐만요, 생각 좀 해볼게요, 라며 얼버무릴 것 같다. 아마도 누군가 옆에서 '안산시 상록구 태영아파트' '고양시 화정 은빛마을'이라고 힌트를 준다면, 비로소 '아하, 그때' 하는 외마디를 지르며 땅속에서 고구마를 캐듯 줄줄이 이야기를 끄집어낼 수 있을 것이다.

사랑도 그리움도 그렇다. 남편을 떠올리면 우리가 처음 만난 낙성대 전철역을 소환하지 않을 수 없고, 엄마가 불현듯 그리워지면 내가 살던 집과 동네를 짝꿍처럼 떠올리지 않을 수 없다. 산책으로 몸과 마음을 단단하게 하듯, 기억의 장소를 걷고 뛰며 생각의 결을 다듬고 오늘을 살게 하는 답을 얻는다.

남대문 대도상가, 지하 도깨비상가, 미도파백화점, 달러를 환전해주는 아주머니가 웅크리고 앉아 있는 은밀한 골목, 명동 사보이호텔 뒤의 명동의류 등 기억할 수 없이 많은 곳에 발자국을 남기며 구석구석 헤집고 다녔다. 삼익쇼핑타운, 부르뎅 같은 아동복 건물과 가방, 벨트 따위의 잡화를 파는 상가로 갈라지는 삼거리에는 남대문 인싸 아저씨가 있었다. 아저씨는 늘 판매대에 올라가 손과 다리로 번갈아 박자를 맞추며 지나가는 사람들을 향해 랩을 쏟아냈다.

"골라, 골라. 아줌마도 골라. 아가씨도 골라."

사람들은 잔뜩 쌓인 옷을 헤집으며 마음에 드는 옷을 골랐다. 지금 남대문시장은 세계적인 명소답게 각국 언어가 혼재된 국제시장이 됐고 계획적으로 잘 관리되고 있다는 인상을 받았다. 하지만 참 랩의 원조였던 골라 아저씨는 더 이상 찾아볼 수 없다.

엄마는 첫 물이 깨끗하다며 잠자는 언니와 나를 깨워 이른 새벽 목욕탕에 데리고 갔다. 보일러를 작동한 지 얼마 되지 않아 탕은 추웠지만, 텅 빈 그곳은 우리 세 식구만의 전용 목욕탕이었다.

엄마가 준비해 간 흰 우유는 목욕탕의 열기로 미지근해져 맛이 없었다. 울지 않고 머리를 감고, 수박색 형광 이태리타월의 무지막지함을 잘 견뎌내면 엄마는 내게 목욕탕 냉장고 안에 있는 노란 바나나 우유를 사주었다. 큰 상이었고 잘 참은 보람이었다. 한기와 열기, 온기를 선사한 목욕탕은 사라진 지 오래고, 지금 그 자리에는 다세대 주택이 들어섰다.

잘 자는 것이 복이라면 나는 복덩이가 틀림없다. 태어나면서부터 복덩이였고 지금도 여전히 잠의 달콤함을 즐긴다. 엄마는 내게 하루 종일 엉덩이 한 번 붙이지 않고 바람 소리를 내며 싸돌아다니니 잠이 쏟아지는 게 당연하다고 탓하면서도 한편으로는 나를 부러워했다. 엄마는 잠 못 이루는 날이 많았다. 엄마의 무거운 짐을 하느님에게 맡겼지만 자꾸 그 짐이 생각나서 잠을 이루지 못했다. 신앙심이 부족한 탓이라고 생각한 엄마는 믿음을 더욱 굳건히 하려고 애썼다.

아빠는 엄마처럼 자신을 채찍질하는 사람이 아니었다. 무릇 세상은 순리대로 돌아가며, 신경 쓴다고 안 될 일이 되고 될 일이 안 되는 법은 없다고 믿었다. 늘 잘 먹고 잘 자는 게 남는 장사지 인생 별거 없다고 말했다. 일찍이 안분지족의 삶을 터득한 낙천주의자였다. 그럼에도 아빠는 엄마의 불안을 당신이 감당할 몫으로 받아들였다.

이른 아침 깊고 깊은 잠에 빠진 나는 갑작스러운 한기에 설핏 잠을 깼다. 실눈을 뜨고 본 방의 창문으로 보라색 새

벽하늘이 보였다. 엄마와 아빠가 새벽기도를 마치고 막 집에 들어왔다. 엄마는 부엌에서 아침밥을 준비했고 아빠는 자는 언니와 나를 깨웠다.

"일어나라, 아침이다."

이불을 머리까지 뒤집어쓰며 왜 잠을 깨우느냐고 투덜대는 나를 아빠는 덥석 안아 올렸다. 새벽이슬을 맞아 서늘한 아빠의 외투에 밤새 고인 따뜻한 얼굴을 비볐다. 나는 한참을 안겨서 내려오지 않았다. 이른 새벽 기도하러 가는 엄마와 동행이 되어준 아빠, 분명 교회당 의자에 앉아 허벅지를 꼬집으며 잠을 쫓다가 꾸벅꾸벅 졸았을 아빠, 나처럼 더 자고 싶었을 아빠, 가족을 위해 새벽을 깨웠을 아빠가 참 좋았다.

어떤 기억은 실패에 익숙한 나를 북돋고 괜찮다고 말해준다. 세상에 쫄지 않고 당당하게 맞서게 해준다. 써도 써도 줄어들지 않는 화수분처럼, 만기를 앞둔 통장이 몇 개나 있는 것처럼, 믿을 만한 무언가가 뒤에 있는 것처럼 든든하게 해준다. 설마 기억한다고 그렇겠어, 라고 누군가 나의 과장됨을 탓할지도 모르겠다. 그러나 성냥팔이 소녀가 추운 겨울 어떤 집의 창문을 통해 엿본 가족의 모습을 부러워하듯, 기억이라는 창문을 통해 본 과거는 얼어붙은 내 마음을 금세 온기로 채운다.

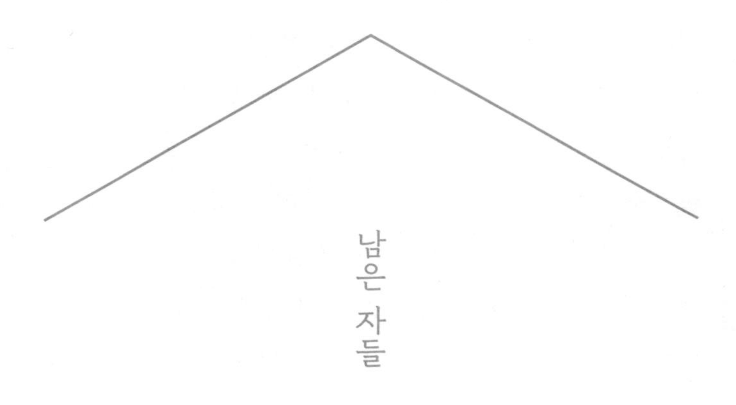

남은 자들

흰 눈이 하염없이 내린 어느 날, 엄마는 그만 쉬기로 했다. 엄마는 긍휼한 마음으로 자신의 수고를 수고롭지 않게 감당하며 한평생 아낌없이 주는 나무였다. 그 나무에 매달린 사과가 사라지고 나뭇가지가 잘리고 몸통이 베어질 때마다 나는 서러웠다. 제발 그만하라고, 내 몫이 줄어든다고, 내 그늘만 되라고. 하지만 그루터기만 남을 것 같던 엄마는 다시 열매를 맺고 가지와 몸통을 키우고 그늘을 만들었다.

엄마는 나눌수록 풍성해지는 사람이었다.

지하 장례식장의 공기는 후덥지근하고 무거웠다. 건물 밖으로 나와 차가운 공기를 마시며 밀린 숨을 몰아쉬었다. 몸 안에 커다란 구멍이 뚫린 듯 아무리 숨을 쉬어도 허파가 채워지지 않았다. 장례식장 앞, 하늘을 향해 삐죽이 솟은 파란 조형물 하나가 새하얀 눈 속에 빛났다. 한 점에서 시작해 아래로 내려갈수록 넓어지며 길쭉하게 이어진 곡선이었다. 대형 병원 한가운데 버젓이 서 있는 걸 보면, 모르긴 몰라도 어느 유명 작가의 작품일 터였다.

"이 작품이 뭘 형상화했는지 알아?"

남편이 내게 물었다. 부분으로 보았던 조각을 멀리서 다시 바라봤다.

"글쎄, 뭔데?"

"음……. 제목은 시간의 방향이고 눈물을 형상화했대. 장례식장에 어울리는 작품이지."

'아, 눈물이었구나. 눈물.'

후회의 눈물이자 참회의 눈물이 모두 맞았다. 있을 때 잘하라는 어른들의 흔한 말은 실천하기 어려웠다. 학원 강사를 그만두고 아파트 일층에 집을 얻어 방 하나에 6인용 책상을 두고 영어 공부방을 시작했다. 공부방은 잘됐고 항상 바쁘다는 말을 입에 달고 살았다.

그런데 엄마의 시간이 얼마 남지 않았다는 예감 때문이었을까. 몇 해 만에 공부방을 쉬고 엄마를 만나러 간 적이 있었다. 가는 길에 분당 애경백화점에 들러 화려한 꽃무늬 가방을 샀다. 엄마는 꽃을 좋아했다. 잔꽃이건 큼지막한 꽃이건 세상의 모든 꽃을 입고 들고 몸에 장식했다. 가방을 본 엄마의 얼굴이 이슬을 머금은 꽃처럼 환해졌다.

"꽃이 피었구나. 활짝 피었어."

"내일 병원 갈 때 들고 가, 엄마."

"그래, 곱다."

엄마는 목욕을 하고 싶다고 말했다. 쓸고 닦고 씻기고 치우고 무언가를 깨끗이하는 데 평생을 쏟은 사람이었다. 정갈하게 각을 맞추고 맑은 물이 투명하게 반짝이도록 살림을 했으니 아픈 와중에도 병원에 가기 전 목욕을 해야 한다고 생각하셨나 보다. 언니와 나는 엄마를 욕실로 모시고 갔다. 엄마의 몸이 가차 없이 무너져 몇 알 남지 않은 쌀자루처럼 사방으로 쓰러졌다. 옆에서 붙잡고 있어도 빈틈으로 자꾸 흘러내렸다.

"아마 2주일 정도……"

담당 의사는 엄마의 생명이 2주 정도 남았다고 했다. 입원을 하고 진통제를 투여받았다. 잠이 든 엄마의 얼굴은 고통으로 일그러져 있었다. 날이 갈수록 극심해지는 고통을 보며 기적이 있다면 기적을 보여달라고, 그러지 않을 거라면 차라리 엄마의 고통을 덜어달라고 신에게 화를 냈다.

그 흔한 학교 이름, 회사 이름 박힌 조화 하나 없지만 장례식장은 사람들로 붐볐다. 신세 졌다는 사람과 은혜를 입었다는 사람이 어찌나 많은지 엄마 때문에 배우자의 폭력을 피하고, 일자리를 얻고, 자식 등록금을 변통하고, 주린 배를 채웠다는 수많은 수혜자들의 애통함이 저며들었다.

일찍 부모를 여읜 엄마는 큰이모와 큰이모부 손에 자랐다. 큰이모부가 마당에 널어놓은 고추를 장에 내다 팔아 이불 한 채를 해줘서 그걸 들고 서울로 시집을 왔다고, 허약하고 입이 짧은 자신에게 다른 식구들 몰래 삶은 달걀을 쥐여줬으니 은혜를 갚아야 한다고, 어린 내게 수천 번 말했다. 시골 삼촌과 이모들은 당신의 자식들에게 말했단다. 시골에서는 더 이상 먹고살기 힘드니 서울 가서 막내 이모를 찾으라고, 막내 이모가 너희를 거두어줄 거라고. 기가 막힌 노릇이었다. 그렇게 한 집에 대여섯이나 되는 오빠 언니들이 하나씩 이모를 찾아왔다. 하나를 먹이고 입혀 취직시키고 시집 장가를 보내면 그 동생이, 또 그 동생이 이모 집 문을 두드렸다.

우리 가족은 끊임없이 누군가와 함께 살았다. 나그네가 들르는 주막처럼 길든 짧든 모두 한동안 머물다 갔다. 몇 개월이 될 때도, 몇 년이 될 때도 있었다. 어느 여름 큰이모부가 우리 집 대문 안으로 들어왔다. 다부진 체구의 큰이모부는 등에 큰 봇짐을 메고 양손에 수박을 한 통씩 들고 있었다. 그 모습이 꼭 양팔 저울 같았다. 무더운 여름날 먼 시골 마을에서 서울의 만리동 꼭대기까지 저 짐을 들고 자식 맡긴 죄인이 되어 찾아온 그의 모습을 나는 잊을 수 없다. 손이 세 개였다면 수박 세 통을 들고 왔을 그의 마음이 헤아려졌다. 그건 고마움이고 미안함이었다.

기술만이 살길이라고 믿는 엄마는 전쟁이 나도 기술만 있으면 밥걱정 없이 살 수 있다며 사촌 언니와 오빠들에게 기술을 익히게 했다. 그렇게 기술을 획득하고 서울에서 자리를 잡고 가족을 일군 사촌들이 엄마의 마지막 가는 길을 함께 지켰다.

엄마를 이고 산에 오르던 날에는 붉은 땅 위에 소복이 쌓인 눈이 낮의 해를 받아 녹아내리고 있었다. 질척대는 땅에 상여를 멘 남자들의 발이 자꾸 빠져 야트막한 산인데도 쩔쩔매며 힘들어했다. 목사님의 지루한 입관 예배를 마치고 산을 내려왔다. 어느새 점심시간이 지나 있었다. 그곳까지 와준 조문객들을 모시고 근처에 있는 해장국집으로 갔다. 모두들 나의 손을 부여잡고 잘 먹고 힘내야 한다며 당신들의 해장국을 다투어 내 앞으로 밀어주었다.

뚝배기에 담겨 보글보글 끓고 있는 해장국은 선지도 양도 잔뜩 들어 있었다. 얼어붙은 몸이 스르르 녹았다. 밍밍한 장례식장 음식과 달리 조미료가 적당히 가미된 붉은 해장국이 허기를 툭 하고 건드렸다.

그 순간, 실종되었던 입맛이 꿈틀거리며 되살아났다. 아, 이러면 안 되는데. 사람들이 여전히 나한테 측은한 눈빛을 보내고 등을 토닥이는데. 엄마를 묻고 내려와 먹는 해장국이 이렇게 맛있다니. 가슴속엔 슬픔이 끓고 내 입에는 침샘이 들끓었다. 눈치 없는 입맛이 슬펐다.

일 년이 지나 엄마가 누운 자리를 다시 찾았다. 붉은 흙으로 덮여 있던 산소는 제법 떼가 고르게 입혀졌는데, 그 앞에 웬 알록달록한 조화 한 다발이 꽃병에 꽂혀 있었다. 나는 모인 가족들을 돌아보며 말했다.

"누가 먼저 다녀갔나 봐. 꽃을 놓고 갔네."

"아니다. 그저께 산소 정리 좀 하려고 왔었다. 생화는 시들면 지저분하니까 이걸로 사다놨는데, 엄마가 좋아하는 꽃 맞지?"

대답하는 아빠의 얼굴이 꽃처럼 붉었다.

"네, 맞아요. 예뻐요."

며칠 뒤면 자식들과 다시 올 이곳에 아빠는 버스를 몇 번씩 갈아타고 와서 벌초를 하고 꽃을 장식하고 두 분만의 시간을 가졌나 보다. 아빠는 오래전 젊은 날의 수줍은 혜숙씨를 만났을까. 병실에 누워 호로록 날아가버릴 것같이 앙상한 미진 엄마를 만났을까.

밤나무 우거진 산에 서른 개 남짓의 묘지가 모여 있다. 한때는 집성촌이었으나 서해안고속도로가 개통되면서 대단지 아파트가 밀집된 신도시가 되었다. 그곳에 남아 있던 친족들이 십시일반 돈을 모아 묘지 터를 장만했고 아버지도 몇 개의 자리를 선점했다. 반푼이 배산임수라 뒤는 산이 맞는데 앞은 물이 아니라 아파트였다. 오르내릴 때마다 괜스레 아파트 주민들에게 미안했다. 한쪽 뷰가 공동묘지라니. 여기에 입주하려는 사람이 있을까. 매일 보면 그래도 익숙해질까.

완만한 경사의 산 중턱, 한겨울에도 햇볕이 내리쬐는 곳에 엄마가 있다. 어른들은 양지가 좋은 것만은 아니라고 했다. 잡초가 잘 자라고 떼가 쉬이 마른다며. 할머니 묘는 뒤에 밤나무가 제법 있어 그늘이 되어주는데 엄마 묘소는 두 칸 아래로 하늘이 사방 터져서 소철 잔가지만 한 그늘조차 없었다. 어떤 어른들은 그래도 산소는 무조건 양지바른 곳이라야 최고의 명당이라고 했다. 서로 다른 두 가지 의견을 종합해보면 엄마의 묫자리는 그냥 보통은 된다는 결론 아닐까. 산에서 내려와 차가 고속도로로 진입할 즈음 뒤돌아 바라보니 멀리 점 하나로 작아진 엄마가 있었다.

이제는 더 이상 엄마의 손길을 느낄 수 없음을 안다. 풀을 잔뜩 먹여 사각거리는 소리가 들리던 요와 이불도, 뽀얗게 삶아 줄지어 늘어선 행주도, 매일 얼굴을 닦아 반짝이던 초록 잎사귀도, 배가 두둑한 윤기 나는 항아리도, 긴 머리를 곱게 늘어뜨린 바짝 마른 시래기도 더 이상 볼 수 없을 것이다. 오래 묵은 유리창 너머로 사물을 보듯 엄마의 손길이 닿던 물건도 기억처럼 흐릿해지겠지. 다음 기일에는 선글라스라도 씌어드릴까. 멀리 바라보이는 양지 너머 강렬한 햇살이 눈을 찔러 한동안 아려왔다.

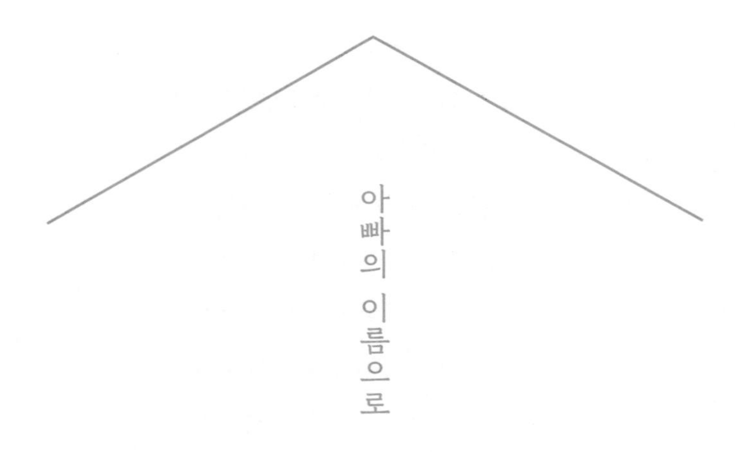

아빠의 이름으로

윙윙 돌아가는 보일러, 아무도 없는 방에 환하게 켜진 전깃불, 콸콸 흐르는 수돗물, 먹다 남긴 음식, 백화점 쇼핑, 배부르지 않는 간식……. 모두 다 사람 좋은 아빠가 싫어하는 것들이다. 이유는 단순하다. 돈이 들기 때문이다. 언니와 내가 목욕을 하고 있으면 아빠는 언제나 중간에 슬쩍 보일러를 껐다.

"앗, 차가워. 아빠, 찬물 나와."

딸들이 신경질을 내면 그제야 그게 뭐가 차갑냐고, 뜨거운 물보다 미지근한 물이 몸에 좋은 거라며 둘러댔다. 평생을 같이 산 아내에게도 마찬가지였다.

150센티미터 조금 넘는 키에 40킬로그램 초반의 몸무게인 엄마는 암에 걸린 뒤 사시사철 추위에 바들바들 떨었다. 아빠는 엄마가 잠이 들면 몰래 일어나 보일러 온도를 낮췄고 엄마는 한기를 느끼며 잠에서 깼다. 건강한 아빠는 잠이 깊이 들면 추위를 덜 느낀다고 생각했나 보다. 아마도 엄마는 육신의 아픔보다 남편에 대한 서운함에 더 많이 울었을 테고.

만성 소화불량에 위경련과 위염까지 겹쳐 식사를 제대로 못 하고 통 입맛이 없는 엄마 앞에서 아빠는 밥 한 톨 남김없이 싹싹 맛있게 먹었다. 입맛이 없는 엄마를 도무지 이해하지 못했다. 먹기 싫어도 먹어야 힘을 쓸 수 있다고, 맨날 먹는 밥을 누가 입맛으로 먹겠냐고 누누이 강조했다. 밥을 배불리 먹으면 과일이나 다른 군것질거리가 생각나지 않는 법이라고, 밥을 제대로 안 먹으니 딴생각이 나는 거라며 핀잔도 주었다. 엄마의 마음을 헤아려 이른 새벽 교회에 함께 나가고, 처가 식구에게도 살뜰한 면모가 있었지만, 너무도 다른 부부의 생활방식은 세월이 흘러도 무엇 하나 바뀌지 않았다.

"관리소장이 내가 이사 간 줄 알고 확인하러 왔더라. 한겨울에 보일러가 안 돌아가니까 빈집으로 알았나 봐. 아파트 단지에서 우리 집 관리비가 제일 조금 나오거든.

……엊그제는 도봉산에 올라가는데 뒤에 오는 아주머니가 나더러 50대, 많이 봐야 60대 초반 같다고 하더라. 여든다섯이라고 하니까 다들 깜짝 놀라더라고. 내가 걷는 걸 보면 젊은이 같다고 해. 난 뼈 아픈 걸 모르거든. 다들 운동을 안 해서 그래. 난 뉴스 볼 때도 그냥 앉아서 보지 않아. 아령이라도 들면서 보지. 너희들 걱정이나 해라. 나는 신경 쓰지 말고."

엄마가 돌아가신 지 몇 해가 지나 친정집에 찾아갔을 때 아빠는 나를 보며 자랑하듯 말했다. 그것이 단순한 자랑이 아니라 당신 걱정하지 말라는 무언의 위로임을 이제는 안다. 자식들에게 혹여나 짐이 될까 점점 더 씩씩해지는 아빠를 생각하면 가슴 안쪽이 먹먹해지면서 감사하게 된다.

한때는 엄마의 죽음이 잘 먹지 못해 생긴 영양부족 탓이라고, 모을 줄만 알고 쓸 줄 모르는 아빠가 아등바등 아끼느라 약한 엄마를 제대로 보살피지 못한 탓이라고 생각했다. 마음 한구석 아빠에 대한 원망이 자리 잡고 있었다. 그때 나는 방관자였다. 결혼하고 자식 낳고 키우느라 엄마를 온전히 살핀 적이 없었다. 나 살기에만 바빴다. 아픈 엄마를 데리고 병원에 가고 병상 옆에 누워 새우잠을 자고 엄마를 들어 옮기고 목욕시킨 사람은 아빠였다. 내가 무슨 말을 할 자격이 있을까. 왜 택시를 부르지 않았냐고, 왜 진작 입원시키지 않았냐고, 나는 하기 쉬운 말로 재단하고 판단할 뿐이었다.

엄마를 보내고 스무 해가 훌쩍 지났다. 그때의 아빠와 다를 바 없는, 아니 더 지독하고 혹독하게 자신을 단련하고 있는 아빠를 본다. 왜 병원에 돈을 주냐며, 하루도 빠짐없이 운동하고, 놀면 뭐 하냐며 구청의 무료 교육 프로그램에 열성적으로 참여하고, 혼자서 떡 한 덩이를 들고 산에 오르고, 단체 등산을 가서도 식당에서 밥 먹는 게 아까워 하산 즉시 사라지는 아빠…….

나는 이제야 조금씩 알 것 같다. 아빠가 엄마에게 보낸 마음이 흐르는 강물처럼 변함없었음을, 그게 홀어머니의 막내아들로 가난한 세월을 억척스럽게 살아온 자의 생존

방식이자 당신이 할 수 있는 최선이었음을.

두 딸에게 짐이 되지 않기 위해 열심히 운동하고 자신을 단련하는 아빠를, 당신의 외로움을 도봉산 바람결에 날리는 아빠를 나는 사랑한다. 여전히 폴더폰 유저로서 오는 전화도 잘 받지 않아서 급할 때 연락이 안 된다는 것만 빼면.

소심한 세입자

결혼 이후 모두 아홉 번의 이사를 했다. 서울, 경기도, 경남 진주, 미국 조지아 등을 전전하며 여러 주인을 만났다. 잘 살아줘서 고맙다고 과일을 사 들고 온 임대인도 있었고, 있는 듯 없는 듯 무심해서 편했던 임대인도 있었고, 집 가진 게 무슨 유세라고 어찌나 눈에 힘을 주는지 핸드폰에 뜬 이름만 봐도 심장을 주저앉게 한 임대인도 있었다.

결혼 후 시부모님이 사는 주택으로 들어갔다. 그 후 안

산에 있는 아파트로 이사를 가서 두 살 터울의 아이 둘을 육아했다. 마음은 늘 들썩였다. 집에서 할 수 있는 일이 없을까. 무슨 일이든 하고 싶었다. 한창 유아 영어교육이 붐을 이루던 때였다. 내 아이에게 읽어주던 영어 동화책을 동네 아이들에게 읽어주고 함께 노는 일이라면 자신 있었다. 당시 유행하던 포털사이트 지역방에 품앗이를 하자는 글을 올렸다.

반응이 좋았다. 엄마들이 유모차를 밀고 아기띠를 매고 우리 집에 모였다. 엄마와 아이가 영어 놀이를 하고 집에서 아이들에게 책을 읽어주는 방법을 공유했다. 그렇게 일주일에 몇 번 비슷한 연령대의 아이들이 우리 집에 왔다. 이쯤이면 예상한 독자가 있을지도 모르겠다. 그날, 유난히 한 아이가 신이 난 날에 아래층 아주머니가 올라와 문을 두드렸다.

"도대체 뭐 하는 짓이에요. 나는 난리가 난 줄 알았네. 여기가 유치원이에요? 사내아이 둘로도 모자라서!"

나는 죄송하다며 연신 머리를 조아렸다. 문 앞까지 따라나온 아이의 흥분은 쉽사리 가라앉지 않았다. 아주머니 앞에서도 방아깨비처럼 방방 뛰었다. 그렇게 세상을 향한 나의 어설픈 도전은 층간소음이라는 중요한 이슈를 겪으며 서서히 막을 내렸다.

그로부터 얼마 후 우리 가족은 미국 남부 조지아의 작은 마을로 날아갔다. 남편의 근무지에서 차로 이십 분 정도 떨어진 마을에 있는 방 두 개와 화장실 한 개 달린 집을 월세 600달러 안 되는 값에 렌트했다. 적색 벽돌로 지은 작고 오래된 단층집이었다.

계약서에 사인을 하고 공동 생활의 규정을 지키며 임대료를 제 날짜에 냈다. 우리나라 아파트 관리실 직원이 그러하듯, 불편 사항이 생겨 전화하면 유니폼을 입은 직원이 와서 문제를 해결해주었다. 주인이 없어도 개의치 않고 문을 열고 들어와 고칠 것을 고쳤다. 개인의 영역을 침범하는 데 민감할 것이라는 예상과 달리 호텔 직원이 투숙객이 방에 없는 동안 청소를 해놓듯 거주자가 없는 집에 문을 열고 들어와 요청받은 불편 사항을 해소했다. 계약 기간 내내 집주인 또는 소유 회사의 대표와 얼굴을 마주할 일도 감정적으로 부딪힐 일도 없었다. 주인이 건네는 말꼬리의 뉘앙스에 신경을 쓰고, 눈치를 볼 일도 없었음은 물론이다.

로망이었던 오븐이 있어 베이킹을 실컷 했고, 처음으로

혼자 김치를 담갔다. 미시USA라는 사이트에서 입수한 미국살이 정보에 따라 한국에서 준비해 간 바리캉으로 남편과 두 아이의 머리를 내 맘대로 밀었다. 영어를 배우고 싶으면 그냥 문을 열고 나가 용기 내어 말을 걸면 됐다. 아이들을 학교에 보내고 나면 무조건 뛰쳐나갔다. 우리나라의 주민센터 격인 카운티에서 운영하는 영어 교습, 교회 모임, 지역 주민을 대상으로 하는 파티 등 '누구나 참여 가능'이라는 문구만 보이면 '예스'를 외치며 달려갔다.

일주일에 몇 번씩 나는 영화 〈포레스트 검프〉에 나오는 버스 정류장 신과 비슷한 장면을 찍었다. 그곳에서 한 시간에 한 대밖에 없는 버스를 타고 시내를 빙 돌아 목적지에 갔다. 미국 남부의 한적한 시골 마을에서 차 없이 생활하는 사람은 극히 드물었다. 여러 이유로 운전이 불가능한 사람들만 이용했을 법한 버스였다. 버스 정류장에는 다양한 인종의 사람이 모였다. 영화 〈레인 맨〉에서 더스틴 호프만이 연기한 레이먼드를 연상시키는 남자가 허리춤에 도시락을 들고 매번 같은 위치에서 같은 버스를 기다리고 같은 좌석에 앉았다.

백화점이나 쇼핑몰에서 "헬로" "소 스위트!" 하며 환하게 미소 짓고 인사를 건네는 사람은 없었다. 대부분 말이 없고 눈길을 피하며 경계했다. 버스를 처음 탔을 때 나는 두려움에 떨었다. 학교 가는 길이 멀게만 느껴졌고 빨리 버스에서 내려 안전한 학교 안으로 숨고만 싶었다. 그러나 별다른 방도가 없던 나는 어쩔 수 없이 계속해서 버스를 기다렸고, 차츰 버스 타는 데 익숙해졌다. 사회에서 아웃사이더로 분류된 초라하고 가난한 그들의 삶에 나는 무람없이 어울렸다. 어쩌면 내가 그들을 두려워한 것보다 그들이 나를 더 많이 두려워했을지도 모르겠다. 한가하고 평화로운 일상에 불쑥 들어온 낯선 동양 여자를.

그렇게 정류장에서 좀체 오지 않는 버스를 기다리며 그 어느 때보다 치열하게 살던 어느 날, 남편이 한국으로의 귀환을 알렸다. 그 즈음 이사하면서 작성한 계약서를 확인했다. 거기에는 처음 입주 당시의 상태를 유지해야 하며, 그러지 않으면 변상해야 한다고 쓰여 있었다. 또 다음 입주자를 위해 청소비 20달러를 별도로 내야 한다는 문구도 있었다. 이삿날의 집 컨디션을 떠올렸다. 호텔처럼 깨끗했다. 비상이었다. 공부한다고 싸돌아다니며 거들떠보지 않던 청소를 그때부터 시작했다. 다행히 아이들이 낙서를 하거나 벽에 못을 박지도 않았고, 카펫을 훼손하지도 않았다. 그러나 베이킹을 하고 각종 국물 요리를 하면서 넘치고 흘러 들어갔을 오븐과 전자레인지가 떠올랐다. 원상 복구를 해야겠다는 일념으로 오븐 구석구석을 수세미로 닦고 상판을 들어내고 그 안에 흐른 자국을 장인의 손길로 지웠다.

마침내 이삿날, 아파트 관리실에서 점검을 나왔다. 숙제를 검사받는 학생처럼 두 손을 모으고 점검이 끝나길 기다렸다. 그런데 한참을 살피더니 내게 20달러를 주는 게 아닌가. 이게 뭐지? 무슨 돈인지 묻자 그는 자신이 청소하는 사람인데 이 집은 청소할 게 없으니 내가 받아야 한다고 했다. 변상금을 내지 않겠다는 마음으로 청소를 했을 뿐인데 청소비까지 받았다. 수고의 대가로 받은 20달러였다.

한국에 돌아와 또 몇 번의 이사를 했다. 군포의 아파트는 곰팡이로 축축해 방마다 푸르고 검은 세계 지도를 그렸다. 베란다는 더 심해서 아무리 곰팡이 제거제를 분무하고 수세미로 닦아도 며칠 뒤면 다시 새까맣게 올라왔다. 그사이

집값은 천정부지로 뛰어올라서 서울 진입은 엄두도 낼 수 없었다.

용인 마북동을 거쳐 경남 금산살이를 마치고 서울 외곽을 돌며 발품을 팔았다. 현관문을 열고 들어서면 집집마다 다른 냄새가 났다. 그 집의 구성원, 주인의 취향, 자주 해 먹는 음식을 가늠할 수 있었다. 공인중개사를 따라 경기도 고양시 화정동에 있는 집을 방문했다. 추운 날씨에 보일러를 켜지 않아도 될 만큼 따뜻했다. 베란다 창으로 쏟아지는 햇볕에 원목 마루는 보드랍게 데워졌다. 누르면 손자국이 날 듯 물러 보였다. 그 위에 앉아 파란 하늘을 바라보면 스르르 눈이 감기고 깜빡 잠에 빠질 것만 같았다. 나무 특유의 습도 조절 기능에 더해 항균물질인 피톤치드가 뿜어져 나오는지, 거실은 상쾌하고 바닥은 보송보송했다. 나는 마땅히 고려해야 할 학군도, 마트도, 대중교통 접근성도 잊은 채 그 집에 오래 머물고만 싶었다. 남향이었는지 동향이었는지 잘 기억나지 않는다. 오후 무렵에 그 정도로 강렬한 햇빛이라면 아마 서향이었는지도 모르겠다. 개화의 시기를 앞당기고 싶은 꽃도, 당도를 최고치로 높여 몸값을 올리고 싶은 과일도 아닌데 나는 마냥 해가 좋았다.

어릴 적 내가 탐했던 커다란 피아노는 만리동 집 안방 창문의 반을 가린 채 식구들이 밥을 먹고 텔레비전을 보던 방에 검고 어두운 그림자를 드리웠다. 나는 숙제를 하고 잠을 자던 작은방의 스케치북만 한 창을 통해 해가 뜨고 지는 모습을 봤다.

길고 좁다란 아현동 연립주택의 안방 창문으로 들어오는 햇살도 기억난다. 당시 엄마와 아빠는 사춘기인 자식들에게 그 햇살을 양보했다. 엄마 아빠가 컴컴하고 어두운 무덤 같은 방에서 등을 맞대고 잠을 청할 때, 집의 유일한 창으로 새어드는 햇살을 내 것인 듯 당연하게 받으며 들뜬 십대를 보냈다. 무심해서 몰랐을까, 아니면 알면서 모른 체했을까. 그러던 내가 어느새 부모가 되어 어린 자식들과 살 집을 찾고 있었다. 지하철 이용이 불편하고 마트가 멀어도, 햇빛이 넘쳐나는 그곳에서 발길을 돌리지 못했다. 다른 대안이 없는 사람처럼 원목 마루에 드넓게 햇살을 드리운 그 집을 서둘러 선택했다.

그런데 현실은 좀 달랐다. 햇빛은 여전히 좋았지만 그게 다는 아니었다. 전세 기간 내내 원목 마루를 이고 지고 살게 될 줄이야. 추운 겨울이 되면서 베란다에 있던 화분들을 실내로 들여놨다. 화분 받침을 하고 조심히 물을 주었는데도 원목 바닥에 물이 스몄다. 언제쯤 발견했을까. 덜컥 겁이 났다. 물이 든 부분만 교체할 수 있을까. 설마 똑같은 색의 나무를 찾지 못하면 나무색이 다르다고 마루 전체를 바꿔달라고 하지는 않겠지. 포털사이트의 지식인이 알려준 대로 헤어드라이어로 말리고 다리미질을 해봐도 한번 물든 자국은 좀처럼 없어지지 않았다. 이후 아이들은 우유나 주스는커녕 물기 있는 어떤 것도 거실에서 먹지 못했다.

두 해가 지나 이사를 앞두고 주인이 집 상태를 보러 온다고 했다. 윤이 나게 쓸고 닦았다. 계약 당시 집주인은 자신이 살던 집이고 다시 돌아와 살 거라며 집을 깨끗이 써달라고 부탁했다. 그때 다른 곳을 알아보아야 했는데, 이렇게 스트레스를 받고 살다니. 뒤늦은 후회였다. 주인은 눈빛을 번뜩이며 집 안을 구석구석 살폈다. 이미 개구쟁이 사내아이 둘을 두 눈으로 훑은 뒤였다.

때마침 안방에서 나온 시아버지가 집주인과 통성명을 했다. 혹시 독립문 근처 냉천동에서 살지 않으셨나요. 알고 보니 두 분은 수십 년 전 이웃이자 국민학교 동창이었다. 순간 CSI 요원에서 새초롬한 동네 소녀로 급변한 집주인이 아버님과 긴 대화를 나눴다. 다과를 준비하며 나는 비로소 안도했다.

그 후 우리 가족은 오래된 빌라로 이사했다. 시베리아 추위도 이보다는 나을 것 같았다. 겨울 내내, 아니 꽃이 만개하는 봄까지 보일러 온도를 최고로 올려야 했다. 매달 내는 관리비는 폭탄이었지만 집은 아랑곳하지 않고 냉골이었다. 창문과 창틀 사이사이에 다이소에서 장만한 온갖 방한용품을 붙이고 끼워도 사면 벽으로 바람이 스며들었다. 두꺼운 파카를 입고 수면 양말을 신어야 했다.

드디어 그 추운 집에서 이사를 가는 날, 강남에 집이 몇 채나 있다는 주인은 날카로운 눈을 빛내며 우리가 교체한 전등갓을 원상 복구하고 가라며 다그쳤다. 이 년마다, 사 년마다 이사를 다니며 세입자로서 이유 없이 주눅이 들고 쓸데없이 소심해졌다. 까짓 마음 편히 살걸.

어쩌다 임대인, 아무튼 집주인이 됐다. 주변 사람들은 말한다. 은행 집이잖아. 네, 맞습니다. 은행님 댁이지요. 높은

이자율에 허덕이지만 지금도 매달 대출금을 갚고 있는 중이다. 경기도 외곽에 작은 아파트를 샀지만 세를 주고 시부모님과 함께 살았다. 세입자로서 집주인의 이름이 핸드폰에 뜰 때마다 덜컹했던 마음과 집주인으로서 세입자에게 온 전화를 받을 때의 마음은 사뭇 달랐다. 귀찮고 번거로운 마음, 알아서 좀 하지 하는 어색한 마음이었다. 그 정도면 소모품 아니야? 사는 사람이 알아서 해결해야지, 뭘 굳이 연락을 하나. 나 때는 웬만하면 알아서 고치고 살았는데 말이야. 슬쩍 교만한 마음도 꿈틀댔다. 어느새 야박한 집주인이 되어 부품을 교체하거나 수리할 때면 그저 "그 집주인 양심 없네"라는 말만 겨우 모면하려 들었다. 불과 얼마 전에 가졌던 세입자의 마음은 온데간데없었다.

코로나 이후로 반값 임대료를 받는 착한 임대인에게 사람들은 박수를 보내고 착한 임대인 제도를 마련해서 세제 혜택을 준다고 했지만 실효는 없었다. 임대료를 깎아주는 대신 관리비를 올리는 등 제 이익을 포기하지 않았기 때문이다. 타인의 넉넉한 선행에 박수를 보내던 사람들은 이내 머쓱해졌다. 물론 진짜 착한 임대인이나 존경받아 마땅한 사람들이 보이지 않는 곳에서 우리 사회를 따뜻하게 만들고 있음을 안다.

> 자기 집을 마련한 농부는 그로 말미암아 더 부자가 되는 게 아니라 오히려 가난해질 수도 있다. 집이 농부의 주인 노릇을 하기 때문이다. 그가 집을 소유한 것이 아니라 집이 그를 소유하게 되었는지 모른다.
>
> —헨리 데이비드 소로,《월든》

거리를 걸으며 바라본 건물은 감히 넘볼 수 없는 재벌의 그림자처럼 보였다. 저 건물의 딱 한 칸만 내 소유여도 행복할 것 같은데. 저게 한 층에 몇 개고 삼 층만 해도, 오 층만 해도 월세가 얼마야. 머릿속으로 무익한 계산을 해댔다. 내게 공간 하나만 생긴다면 독서 토론을 하고 글을 쓸 수 있는 예쁜 서점이나 이젤과 물감을 놓고 드로잉이나 그림을 그릴 수 있는 아트 카페를 할 텐데. 얼마나 부자여야 건물주 반열에 오르는 건지 가늠할 수 없었다.

집에 대한 엄마의 속앓이를 영문도 모른 채 눈을 껌뻑이며 지켜보았고 그 만만치 않은 과정에 덩달아 마음을 졸였다. 처음부터 내 집을 갖고자 하는 열망을 품지 않았더라면, 비바람을 막아주는 어떤 곳에서 먹고 사는 데 만족했더라면 차라리 집의 노예가 아닌 집의 진정한 주인이 되었을까. 호랑이에게 잡아먹히듯 집에게 지배당하지 않았을까. 그 시절 사람들의 삶은 모두 그랬던 것일까. 내 집을 향한 소박한 꿈이 있고 허리띠를 졸라가며 그것을 이루어나가는 삶 말이다.

사랑하는 내 부모가 내 집 갖는 것을 목표로 묵묵히 내핍을 감내하고, 마침내 집을 장만하고, 그 집을 사는 데 진 빚을 갚느라 한평생을 보냈다고 생각하면 참 아쉽다. 그 시간 세상에 있는 허다한 즐거움을 그들은 상상이나 해봤을까. 내 몫이 아니라고 진작 포기해버려서 그대로도 괜찮았을까. 집의 주인이 되어 자식들이 자기만의 방에서 창문 가득 들어오는 해를 받으며 행복해하는 모습을 보며 그 옛날의 엄마 아빠가 행복했다면, 잠시라도 충만했다면 좋겠다. 당신들은 그때 그곳에서 할 수 있는 최선을 다했고, 남은 자식들은 당신들을 몹시 그리워한다는 것을, 사랑한다는 것을 기억해주었으면 좋겠다.

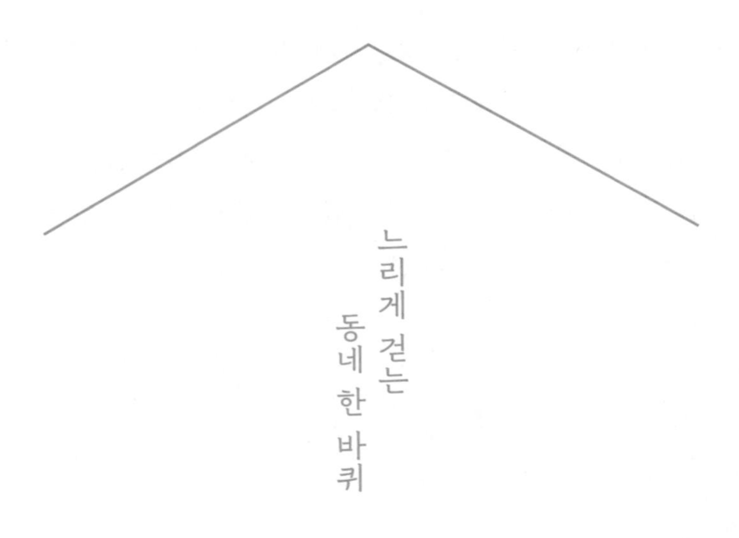

느리게 걷는 동네 한 바퀴

36년 만에 나의 살던 고향, 만리동2가 199번지에 갔다. 일산에서 지하철을 타고 2호선 충정로역에서 내렸다. 한 시간이 채 걸리지 않았다. 줄곧 서울과 그 언저리에 터를 잡고 살았지만 한 번도 어릴 적 살던 집에 가보지 않았다. 언젠가, 그래 언젠가 가야지, 딱 한 번만 보고 와야지 생각했지만 마음과 달리 몸은 꼼짝하지 않았고 자꾸 별일 아닌 다른 일들에 그 기회를 넘겼다.

지하철 계단을 오르자 마음 지도가 자동으로 내비게이션을 켰다. 몽블랑제과를 찾아라. 하얀 생크림이 뒤덮이고 핑크색 설탕 꽃이 심어진 케이크를 다시 만나고 싶었다. 없겠지, 그럼 당연히 없지. 말도 안 돼. 마음이 구시렁대기 시작했다.

종근당빌딩 건너편 거리를 엄마 잃은 아이처럼 서성였다. 몽블랑제과는 없었다. 대신 그 자리를 차지한 가게도 정확히 확정할 수 없었다. 약국 자리 같기도, 고깃집 자리 같기도 했다. 조금 아래쪽에 파리바게뜨가 있지만 거긴 아니었다.

아현동 방향으로 걸었다. 뱀처럼 구불거리던 굴레방다리가 사라진 자리에 비 온 뒤의 말간 하늘이 파랗게 눈부셨다. 화려했던 가구점은 예전의 모습이 아니었다. 과거의 영화는 어디로 가고, 나라 잃은 조선 말 저잣거리처럼 간신히 모양새만 갖추고 있었다. 점포 임대라고 적힌 종이가 옅은 바람에 나부끼고 몇몇 가구업체만 명맥을 유지하는 중이었다.

길 건너, 나의 신앙의 아기집이자 놀이터였던 교회가 새롭게 건축되어 있었다. 몸집은 과하게 컸고 감동은 과하게 작았다. 규모가 커졌다고 믿음이 작아졌을 리 없지만 새로 마주친 교회의 모습은 실망스러웠다. 절제와 온유는 간데없고 가난 따위는 내 생애 없었다는 듯 포마드를 잔뜩 바른 채 새로 산 백구두를 신고 탭댄스를 추는 졸부 같았다. 진땀을 흘리며 옛 모습을 지키고 서 있는 과거 본당 건물이 없었다면 더 큰 상실감을 느꼈을지도 모르겠다. 높고 웅장하게만 보이던 옛 성전은 작고 아담했으며 무릇 멀리서 바라볼 뿐인 나를 겸손히 무릎 꿇게 했다.

늘어선 가구점을 지나 내가 기억하는 두 번째 집으로 가는 골목에 들어섰다. 네 해 남짓 머문 이곳에서 나는 고3 스트레스를 제대로 부리며 대학 입시를 치렀다. 공부한답시고 가서 잠만 자고 온 성진독서실 자리에는 모텔이 들어섰고, 이른 새벽 엄마와 함께 간 목욕탕은 삼 층 빌라가 되어 있었다.

골목을 벗어나자 오른편으로 그 집이 보였다. 까치발을 딛고 담장 너머를 살폈다. 내 방 창문의 윗부분이 살짝 비치고 검은 그림자 같은 현관문이 형태를 가늠하게 했다. 그때의 눈부신 신축 연립주택은 이제는 낡고 헐거워 톡 건드리면 무너질 듯 위태로워 보였다.

길쭉한 담뱃갑처럼 한쪽으로 길었던 집, 늦가을 바람이 불어오면 집 앞으로 모여드는 나뭇잎을 치우느라 날마다 비질을 해야 했던 집, 비가 오면 언덕 위에서 몰아치는 빗물로 하수구가 소용돌이치며 범람했던 집. 나의 반지하 집이 거기 있었다.

아직도 꿈속의 배경이 되는 첫 번째 집으로 발걸음을 옮기는데, '영화 〈기생충〉 촬영장소, 영화 속 한 장면을 추억으로 남기세요'라고 쓰인 현수막이 눈에 띄었다. 칸영화제 황금종려상을 탄 영화의 배경이 되는 곳에서 살았다는 자부심에 나도 인증 사진을 찍었다. 양념 반 프라이드 반 같은 감정이 되었다. 웃펐지만 그래도 살짝 웃었고, 실제로도 웃는 편이 나았다.

그렇게 멀던 만리동 고개를 단 몇 걸음 만에 넘었다. 나의 기억은 오류 덩어리가 확실했다. 그 옛날 그렇게 힘겹게 오르던 험한 길은 없었다. 넓고도 넓어 내가 큰길이라고 불렀던 길은 봉고차 하나가 겨우 지나다니는 좁은 길일 뿐이었다.

대단지 고층 아파트가 우뚝 위용을 뽐내고 있을 뿐 내가 살던 동네, 나의 집은 없었다. 내 기억 속에 무한 재생되었던 〈사운드 오브 뮤직〉의 배경이 된 너른 잔디는 만리배수지공원으로 꾸며졌다. 마음에서 성난 파도가 거품을 뿜으며 밀려왔다 밀려갔다. 사랑하는 사람의 마지막 모습을 마침내 보고 난 뒤의 서운함과 아쉬움이 이럴까. 열두 집이 머리를 맞댄 동네의 흔적은 어디서도 찾을 수 없었다. 우뚝 선 25층짜리 센트럴자이 아파트는 유추해볼 수 있는 작은 단서 하나조차 그 자리에 남기지 않았다.

골목골목 나의 발길을 끌던 구멍가게는 사라졌고, 공포와 두려움으로 기억되던 회색 담으로 둘러싸인 국민학교는 알록달록 정겨운 초등학교의 모습이었다. 저렇게 작고 아담한 학교를 〈쇼생크 탈출〉에 나오는 감옥처럼 우울하게만 기억했다니. 실소가 나왔다. 학교 앞 떡볶이집도, 눈부시게 반짝이던 투명 플라스틱 색깔 반지와 요술공주 세리 종이인형과 독수리 5형제, 마징가 Z, 가제트 형사 등 각종 딱지와 뱀 사다리 놀이판이 있던 문방구도 보이지 않았다. 요즘 학생들은 다들 어디서 준비물을 사고 방과 후 달콤한 시간을 보내는지 궁금해하며 조금 더 걸었다.

손기정 선수가 베를린 올림픽에서 부상으로 받은 월계수 나무(당시 독일에서는 월계수 나무를 구하지 못해 대체목으로 대왕참나무를 사용했다)가 심어진 옛 양정고등학교가 보였다. 학교는 목동으로 이전되었고 그 자리에는 손기정기념관이 건립되었다. 국민학생이던 나는 커다란 키에 모자를 삐뚜름하게 쓰고 허리춤에 가방을 끼고 어슬렁거리는 고등학생들이 무서워 멀리서 그들이 보이면 재빨리 골목으로 숨었다. 지금 나는 그때의 고등학생들보다 덩치 큰 두 아들과 산다. 과대 포장된 몸이 조금 징그럽지만 자세히 보면 귀여운 아이들과.

학교 가는 길을 지나 큰길인 만리재에 닿자 우리 반에서 가장 고급스러운 도시락을 싸 오던 양정약국 집 딸이 떠올랐다. 그 아이가 도시락통에서 노란 달걀옷을 입은 분홍 소시지 반찬을 꺼내면 나는 넋을 놓고 바라봤다. 참 그때 버스 정류장 이름도 양정약국 앞이었다. 지금 그 자리에는 대형 마트와 유명 커피전문점이 서 있었다. 혁명처럼 모든 것이 달라졌다. 길 건너 중림동과 서계동 구시가지 건물에 재개발을 알리는 노란 현수막이 당당하게 휘날렸다.

골목을 벗어나 중학교 등굣길인 만리재를 걸었다. 길고 가파른 고갯길로 만리를 걷는 것 같아서 만리재라 불렸다고도 하고, 조선 세종 때 대학자이자 집현전 수장인 최만리가 살던 곳이라 이름을 그렇게 붙였다고도 했다. 만리재를 걸으며 열네 살의 나를 떠올렸다.

> 하늘에 구름 떠가네. 보라색 그 향기도. 이 몸이 하늘이면 얼마나 좋을까.
> 내 곁에 사랑도 가네. 빨간 입맞춤도. 시간이 멈춰지면 얼마나 좋을까.
>
> —김정선 작사, 〈모두 다 사랑하리〉

서부역 뒤 서계동에 살았던 친구 연아와 나는 송골매의 〈모두 다 사랑하리〉를 부끄러운 줄도 모르고 목청껏 불렀다. 지나가는 차량의 소음이 우리에게 뻔뻔한 용기를 선물해주었다. 배가 고플 땐 하늘에 빵이 떠가네, 통닭이 떠가네, 라고 바꿔 부르기도 했다. 모두 다 잘생긴 리드 보컬 구창모를 좋아할 때, 나는 뒤에서 외롭게 기타를 치는 장발의 배철수를 선택했다.

때로는 시간이 멈추면 얼마나 좋을까 생각한다. 그러나 시간은 무던히도 성실히 제 속도를 내며 앞으로 갈 뿐이다. 한정원의 《시와 산책》에서 따스한 햇볕에 겨우내 꽁꽁 언

강물이 녹는데 그곳에서 말발굽 소리가 들렸다는 이야기를 읽었다. 지난겨울 사람들이 말을 타고 강을 건널 때 말발굽 소리마저 얼었고, 봄이 되어 강이 녹자 말발굽 소리도 같이 녹았다는 이야기. 시간도 얼릴 수 있다면 얼마나 좋을까. 가장 좋았던 순간을 꽁꽁 얼릴 수 있다면, 그래서 내 마음이 허락할 때 녹여서 보고 들을 수 있다면 어떨까. 그렇다면 과거는 과거가 아닌 게 될까.

내게 단 한 번 시간을 얼릴 수 있는 기회가 주어진다면 엄마의 손길을 얼리고 싶다. 그리고 아주 힘든 어느 날 따뜻한 햇볕에 녹여 만지고 싶다. 그럼 그 기억을 가슴에 품고 남은 시간을 또 마냥 철없이 조금은 뻔뻔히 살아갈 수 있지 않을까.

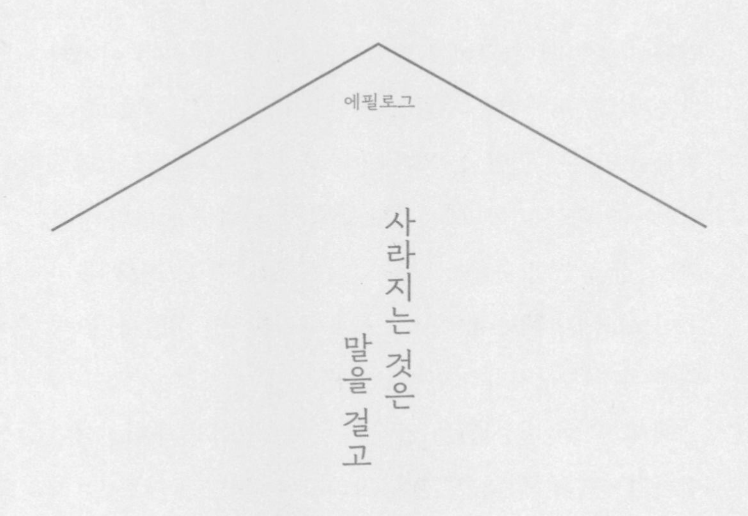

에필로그

사라지는 것은 말을 걸고

이사벨 아옌데가 쓴 《영혼의 집》에 나오는 클라라에겐 미래를 보는 눈이 있었다. 부와 권력을 쥐고 소작인들을 착취하는 남편과 칠레 역사의 격랑기에 모진 고초를 겪는 자식들을 보며 기록에 남기기로 했다. 손녀인 알바 역시 신군부에 끌려가 모진 고문을 당하고 좁은 개집에 갇혀 육신과 정신을 잃어갔다. 마지막 순간, 그녀는 할머니의 기록을 기억했고 자신도 이 모든 역사를 기록하기로 마음먹었다. 종이와 펜이 없어 마음으로 쓰기 시작했다. 어둠 속에서 과거를 기억했지만 쓰기는 쉽지 않았다. 생각은 엉키고 순서는 뒤섞였다. 포기하려는 순간, 그녀는 기록하는 방법을 찾았다. 기억의 힘으로, 기록하겠다는 의지 덕분에 그녀는 살 수 있었다.

사소해도 너무 사소해 일기장에나 간직할 법한 이야기를, 사람들 앞에서 두 손을 모으고 정성들여 노래하는 어린 아이처럼 기록했다. 세상 쓴맛 모르는 속없는 어른처럼 이야기를 떠벌리는 내내 나는 끝 간 데 모르고 구르는 돌멩이였다. 졸졸 흐르는 시냇물에 밀려 굴렀고, 눈앞에 나타난 커다란 폭포에 놀라 파래진 얼굴로 떨어졌다. 다행히 처음의 생경함은 사라지고, 몇 번 가본 길 위에서 여유가 생기고, 미처 보지 못한 것들이 눈에 들어왔다. 기억에 없던 나무가 보이고, 골목길 담 위에 쓰인 낙서가 읽히고, 비스듬히 세워진 자전거가 눈에 띄었다. 슬픔에 가려 보이지 않던 추억들이 떠올랐다. 사소한 기억이 물 먹은 종이처럼 부풀어 두껍고 질겨졌다. 기쁜 일도 슬픈 일도 하나가 됐다.

기억 속의 가난은 주관이어서 어떤 이에게 가난인 것이 다른 어떤 이에게는 가난이 아닐 수 있어 조심스러웠다. 내가 겪은 가난을 굳이 위대한 유산이라고 우기는 까닭은 무얼까. 힘들 때마다 나는 곶감을 뽑아 먹듯 줄줄이 꽂힌 기억을 뽑아 허기를 채웠다. 그러면 엎어져 울고 있다가도 눈물을 닦고 일어설 수 있었다. 유산은 내게 그런 것이었다.

키 큰 나무들이 짙은 그늘을 드리우는 낮이면 느린 걸음으로 산에 오른다. 우리 집 뒤에 있는 산은 산세가 무르고 착해 미리 힘을 비축하거나 등산화를 따로 챙길 필요도 없다. 완만한 언덕 위로 평안과 안녕을 바란다는 뜻의 평심루(平心樓)가 소나무와 잣나무에 둘러싸여 있다. 누각에 앉아 멀리 북한산을 바라보면 기억 속 하루가 떠오른다. 어느 날은 눈물이 비어져 나오고, 어느 날은 웃음이 새어 나온다. 헐겁고 약해 쉬이 바스러지는 기억이 그리움이 되어 가슴을 데우고 나면 나는 다시 힘이 차올라 산을 내려온다. 중력을 잊은 듯 몸이 가볍다.